오늘의 토스카나 레시피

오늘의 토스카나 레시피

없는 것을 갈망하지 않고 주변을 둘러보는 삶에 관하여

권순환·윤수지 지음

토스카나의 언덕길을 지나며

토스카나의 언덕길을 오가면 푸른 숲과 포도밭, 무성한 올리브나무 숲을 마주한다. 오가는 차 한 대, 인적도 없는 고즈넉한 길들. 이런 시골길을 혼자 운전하면 정녕 눈앞의 풍경이 꿈인지 현실인지 구분하기 힘든 순간이 문득 문득 찾아온다. 한국 사람은커녕 이탈리아인도 발길이 드문 길에서 간혹 이런 생각이 든다.

'어디를 향해 가고 있지?'

'나와 아내는 미국에서 만나 어쩌다 토스카나까지 흘러왔는가.'

불현듯 나 자신을 향한 질문이 떠오를 때가 많다.

지금부터 할 이야기는 내가 걸어온 길에 관한 것이다. 그리고 토스카나 요리를 향한 나의 짧은 헌사다. 본격적인 이야기에 앞서, 나는 얼굴이 화끈거리는 이야기를 하나 하려고 한다.

주방에서 가장 많이 쓰이는 재료는 단연 소금이고, 그중 미국 레스토랑에서 가장 흔히 쓰는 것이 코셔 소금Kosher salt이다. 뉴욕 요리학교 The Culinary Institute of America, The CIA 과정을 막 마친 2011년, 나는 잠시 한국에 들어왔다. 그때만 해도 한국에서 코셔 소금을 구하는 건 어려웠다. 당시 난 요리학교도 졸업하고,

뉴욕 최고의 레스토랑에서 수습도 마쳤으니, 오랜만에 만난 가족들은 나의 요리를 기대하고 있었다. 그래서 그 당시 가장 크고 좋은 슈퍼마켓에서 장을 보고 집에 돌아와서 파스타와 리소토를 요리했다.

'어라… 내가 배워서 익히 만들어온 그 맛이 아닌데?'

면과 쌀은 미국과 이탈리아에서 사왔던 것이라 당연히 같은 맛을 낼 것이고, 소스와 육수는 언제나 만들었던 것인데 익숙한 그 맛이 아니었다.

그때 난 맛 차이를 그저 코셔 소금 탓으로 돌렸다. 면수 간이 안 맞았다고 바득바득 우기고 코셔 소금이 핵심 조미료인데, 그게 없는 한국에서는 제대로 된 요리를 맛볼 수 없다는 얼토당토않은 핑계를 댔다.

지금 그 일을 떠올리면 부끄럽기 그지없다. 나의 요리는 오만했고 시야는 편협했으며, 성격 또한 융통성이 없었다. 자존심만 강해서 실수를 인정하기 싫었다. '거만'. 그게 뉴욕에서의 내 모습을 잘 보여 주는 단어였다. 그런 내가, 이탈리아에서 정신을 차리고 스스로를 돌아보기까지 5년 넘는 시간이 걸렸다.

이탈리아인들은 내가 서울, 뉴욕에서 어떻게 살았고, 무엇을 경험했는지, 어떤 레스토랑에서 일했는지 관심도 없었다. 설명을 늘어놓아도 제대로 이해하는 사람도 없었다. 그런 시에나에서 '여기 온 이상, 끝까지 가보자'라는 고집으로 하루, 한 달, 일 년을 보냈다. 그 끝이 어디인지 알 수 없고, 어디서 어떻게 끝날지 모른다. 그래도 난 그곳을 향해 아주 조금씩 천천히 나아가고 있다고 믿는다.

이탈리아에서 요리를 통해 배운 가장 중요한 점은 본질을 잊지 말자는 것이다. 이제 내가 좋아하고 추구하는 요리는 자로 잰 듯한 플레이팅이 꼭 필요하지 않다. 비싼 재료를 쓰지 않고도 매일 매일 먹어도 질리지 않아야 한다. 호박꽃 튀김을 이 봄에 먹지 않으면 이듬해의 호박꽃을 기다려야 되지만, 그동안 다른 음식에서 재미를 찾고, 그렇게 시간을 보내면 또다시 봄이 온다. 굳이 한여름, 한겨울에 호박꽃을 찾기 위해 배 타고 멀리서 온 꽃을 비싼 돈을 주고 살 필요는 없다. 없는 것을 갈망하고 주변을 원망하지 않으며, 매일 곁에 있는 것에 감사함과 소중함을 느끼며, 나는 이탈리아에서 살아가고 있다. 나는 시에나의 주방에서 진정 인생을 배웠다 해도 과언이 아닐 것이다.

나는 셰프로서 이탈리안 요리를 사랑하는 그 마음 하나로 이곳에 왔지만, 나의 결정을 지지해준 동반자이자 뮤즈인 와이프 수지와, 보배이자 기쁨인 아들과 딸에게는 고마우면서도 한편으로는 미안하다. 이 책을 통해 가족들에 대한 사랑과 나의 마음이 조금 더 진하게 전달되면 좋겠다.

이탈리아의 풍부한 문화유산에 관한 이야기는 늘 들어온 터라 이 나라의 이름만큼은 참 익숙하지만, 정작 여기에 정착해 터를 잡은 한국인은 유럽의 다른 나라에 비해 그 수가 상당히 적다. 거기서도 한국인은 거의 없는 토스카나주 시에나에서 우리 가족은 현지인들과 어울리며 살아가고 있다.

이제부터 나는 독자들에게 토스카나의 음식이 나에게 가르쳐 준 것들을 말하려고 한다. 누군가에게는 나의 이야기가 삶의 나침반이 되어 앞으로 나아갈 든든한 힘이 되어주길 바라며.

2024년 여름
어느 날에
순환

일러두기

시에나 셰프 부부의 이야기는 이탈리아 정찬 코스처럼

안티파스티 미스티*Antipasti Misti* - 프리미*Primi* - 세콘디*Secondi* - 돌치*Dolci* 순으로 구성되었습니다

Primi.

시에나의 일상

Secondi.

토스카나의 맛

Dolci,

오직 시에나에서만

Antipasti Misti.

뉴욕·밀라노·시에나

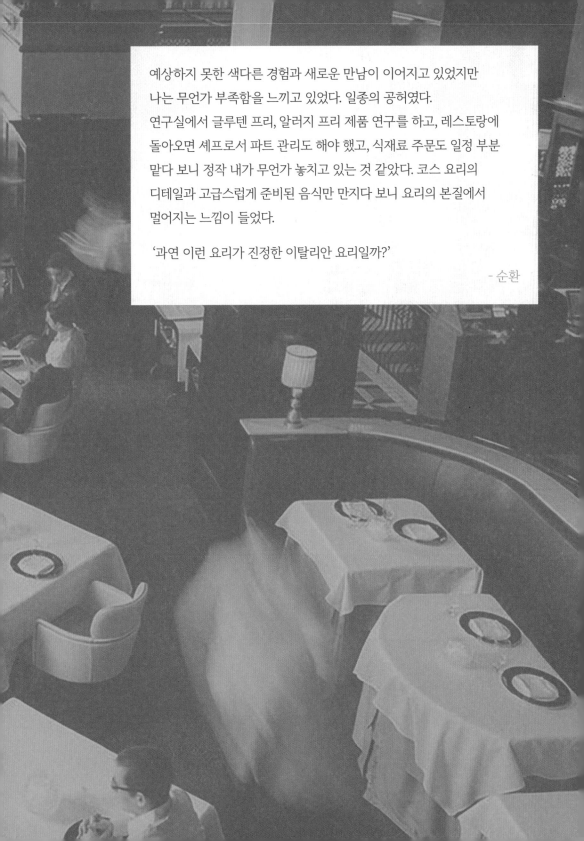

예상하지 못한 색다른 경험과 새로운 만남이 이어지고 있었지만
나는 무언가 부족함을 느끼고 있었다. 일종의 공허였다.
연구실에서 글루텐 프리, 알러지 프리 제품 연구를 하고, 레스토랑에
돌아오면 셰프로서 파트 관리도 해야 했고, 식재료 주문도 일정 부분
맡다 보니 정작 내가 무언가 놓치고 있는 것 같았다. 코스 요리의
디테일과 고급스럽게 준비된 음식만 만지다 보니 요리의 본질에서
멀어지는 느낌이 들었다.

'과연 이런 요리가 진정한 이탈리안 요리일까?'

- 순환

01.

요리학교 The CIA

나는 지금 요리사로 일하고 있지만, 대학을 다닐 때만 해도 요리에 관해 별 관심도, 지식도 없었다. 20대 중반, 여느 또래처럼 장래를 고민하며 내가 그나마 잘할 수 있을 것 같은 제과제빵을 배우고 있었다. 쉬는 날이면 어김없이 교보문고에서 가서 요리책을 들춰보곤 했는데, 그때 본 요리책들은 한결같이 컬러 사진으로 편집돼 있었다. 그래서 한눈에 시선을 끄는 책들은 많았지만, 요리법 설명 위주여서 진로에 관한 정보를 얻을 만한 책은 많이 없었다. 그러나 개중 노란색 커버의 책 한 권이 시선을 사로잡았다. 『앗 뜨거워』라는 책이었다.

이 책은 매대에 깔린 다른 요리책과 달리 요리학교 이야기, 주방의 속사정, 레스토랑에서 벌어지는 에피소드들을 아주 생생히 담고 있었다. 작가는 〈뉴욕타임스〉의 기자로, 책에는 이탈리안 셰프인 마리오 바탈리*Mario Batali*(2000년대 초중반에 세계적으로 주목받은 독특한 성격을 지닌 이탈리안 퀴진을 사랑하는 미국인 셰프)를 만난 이야기가 담겨 있었다. 바탈리식 요리의 뿌리가 되는 이탈리아 현지에서의 경험은 물론, 뉴욕 맨해튼에 있는 바탈리의 레스토랑 밥보*Babbo*에서 작가가 인턴 생활을 하며 겪는 내용이다.

열기가 가득한 주방의 핫탑에서 셰프들이 고기를 굽고, 성인 남자 허리춤까지 오는 냄비가 육수를 끓여내고, 파스타 기계는 면을 끊임없이 삶아내고, 좁은 주방을 덩치 큰 남자들이 오가는 뉴욕의 주방을 그 어떤 책보다 잘 묘

01 『맛 뜨거워』
뉴욕에서 마리오
바탈리에게 직접
사인을 받았다

사하고 있었다. 읽으면서 작가가 주방에 처음 들어서서 느꼈던 감정(이를테면 어색함, 이질감, 긴장감 등)에 굉장히 이입이 잘 되었다. 그때의 난 주방 상황에 대해 잘 몰랐으며, 작가 역시 정식으로 요리를 배운 사람이 아니라서 그럴 것이다.

당시 난 연회장에서 일하고 있었다. 디저트를 미리 준비해놓고 시간에 맞춰 내놓기만 하는 주방 상황은 책 속 뉴욕 레스토랑들과는 딴판이었다. 책을 한 페이지씩 넘기며 '에너지 가득한 주방에서 치열하게 일해보고 싶다'라는 생각이 간절히 들었다. 뉴욕은 한 번도 가본 적 없었지만, 책 내용대로라면 세계에서 가장 유명하고 영향력 있는 요리사들은 모두 뉴욕에서 명성을 떨치고 있는 것만 같았다. (왜인지는 지금도 모르겠지만) 꼭 뉴욕에 가고야 말겠다는 의지가 샘솟기 시작했다.

나는 작가와 똑같은 경험을 해보고 싶었다. 길을 걷든 친구들과 만나든, 뭘 하든 어딜 가나 The CIA만 머릿속에 맴돌았다. 그때 나는 20대 후반이었고, 주위 사람들은 미국 유학을, 그것도 요리를 배우기 위해 가는 건 너무 늦지 않느냐고 몇 번이고 말렸다. 심지어 유학원 담당자도 부정적인 반응을 보였다.

"정 가고 싶다면, 모든 서류 준비를 도와 드리지만, 토플 시험과 추천서는 직접 준비하셔야 합니다. 그리고 합격 여부는 저희 유학원과 상관없다는 걸 꼭 명심하세요."

그 이야기를 들으니 나는 오뚜기와 청개구리를 섞어놓은 존재인 것처럼 오히려 힘을 얻었다. 오기가 발동한 나는 유학원 문을 박차고 나와 그길로 토플 강좌를 등록했다. 연회장에서 일하며 퇴근 후에는 거의 매일 저녁 토플 학원으로 지친 몸을 이끌었다. 듣기·독해·작문까지 두 시간 넘게 영어와 씨름하는 건 정말 힘들었다. 수많은 난관이 삶에서 있었지만, 돌이켜 보건대 The CIA를 졸업하기까지 토플 공부가 가장(!) 힘든 일이 아니었을까.

그래도 반드시 받아야 하는 목표 점수와 출국 시점을 정해 놓으니 무작정 외우는 수밖에 없었다. 직장 동료들과 어울리는 시간은 적었고, 퇴근 후 영어 학원으로 가는 나를 다들 유난을 떤다고 생각했을 것이다. 그렇게 꼬박 1년을 준비했다. 토플 점수도 만들었고, 열두 달 치 월급도 차곡차곡 모아 나름의 목돈을 마련했다. 이제야 만반의 준비를 갖췄다! 유학원에서 서류를 준비하고 합격 여부를 기다리는 동안, 매일 밤 기도하며 뉴욕에서 나의 모습을 그려 보고 있었다.

떨리는 마음으로 홈페이지를 들어갔다. '합격'. 꼬박 1년을 준비해 인정받은 나의 첫 작품이었다. The CIA에 가기까지는 세세히 기억나지 않는다. 긴장과 설렘, 흥분이 뒤섞였던 그때의 감정만 잔상처럼 남아 있다.

The CIA는 뉴욕주에 있지만, 맨해튼에서 차로 한 시간 반 정도 북쪽으로 가야만 하는 작은 도시에 있다. 다들 하얀색 셰프 재킷을 빳빳하게 다려 입고 일과를 시작했다. 그 모습은 멋지면서도 한편으로 나를 더욱 긴장하게 했다.

처음 몇 주는 주방에 갈 일이 거의 없었고 강의실 수업만 진행되었다. 그도 그럴 것이 요리의 기본 지식, 주방에서 쓰이는 용어, 도구 등 기본적인 것들을 먼저 배워야 했기 때문이다. 어디서나 기본기가 우선이다. 이미 다 아는 것들이었지만, 영어로 배우려니 곤혹스러웠다. 그다음 칼질과 삶고 끓이기 등 또 다시 아주 기초적인 부분에 대한 연습이 끊임없이 반복되었다. 보통 큰 주방에서 주로 쓰는 방법이니, 대용량 도구만 썼다. 자칫 주의가 분산돼 실수하면 처음부터 다시 요리해야 하고, 화상을 입거나 베이는 일이 많으니 선배 셰프들은 정신 차리고 집중하는 걸 늘 강조했다.

02.
『앗 뜨거워』에 나온 그 레스토랑

학기 중간에 인턴십을 수행하고 그 기간 매주 보고서를 써야 수료를 할 수 있다 보니 입학하자마자 나는 레스토랑이나 호텔을 찾아야만 했다. 그때 매주말 스타지 *Stage*를 했었다. 스타지란 그 레스토랑이 추구하는 요리가 내가 배우고자 하는 요리인지, 셰프와 주방의 분위기가 어떠한지, 그리고 내가 그곳의 인재상에 맞는지 등을 짧게는 하루 길게는 며칠 주방 경험을 해보는 것이다. 나는 이미 『앗 뜨거워』에 나오는 바탈리가 운영하는 이탈리안 레스토랑 두 곳, 밥보 *Babbo*와 델 포스토 *Del Posto*로 마음을 굳혔다. 두 곳 모두에서 다이닝 경험을 해본 뒤, 맨해튼 첼시 마켓에 있는 델 포스토에서 스타지를 해보고 싶었다. 델 포스토는 미슐랭 투스타 레스토랑으로 뉴욕에서도 명성이 자자했다.

그러나 스타지는 구하기조차 쉽지 않았다. 마치 꿀 먹은 벙어리가 된 것 같았다. 무엇을 어디서부터 어떻게 해야 할지 막막했다. 그때 주변의 나보다 어린 친구들은 간단한 메일 한 통을 보내 스타지를 쉽게 구했다. 대부분 프렌치 레스토랑이나 한국인이 많이 찾는 유명 레스토랑으로 갔다. 돌이켜 보니 그때도 이탈리안 레스토랑으로 가는 친구들이 많지 않았다.

학교에서 맨해튼까지 거리라도 가까웠다면 당장 달려갔겠지만 한 시간 반이나 걸렸으니, 일단 메일을 보내는 게 먼저였다. 그래서 그곳에서 먼저 수습을 해본 친구의 도움을 받아 메일 주소를 알아냈다. 그 친구는 나에게 "형, 이곳 일도 힘들고 일도 많아서 고생해요."라며 다른 곳을 권했지만, 어차피 내가 뉴욕에 온 이상 불구덩이에서라도 살아남겠다는 의지가 넘쳤으니, 난 주저하지 않고 메일을 보냈다.

회신은 없었다. 기대가 컸던 만큼 실망도 컸다. 같은 시기에 내가 가려고 하는 델 포스토에 다른 한국 친구들이 스타지를 간다니 부럽기도 하고, 내가 보낸 메일에 문제가 있는지 다시 확인해 보았다. 아무리 고민해도 왜 답장이 없는지 알 수 없었다. 결국, 직접 전화해 보기로 했다. 키친 매니저라는 사람과 통화했고 자초지종을 이야기했다. 연락을 기다리라는 답이 돌아왔다. 그 말만 믿고 기다렸다. '이번에 잘 되겠지'라는 생각에 기다리고 또 기다렸다. 얼마 후 학교 취업센터에서 논의해야 할 것이 있다며 연락이 왔다. 그런데 학교 담당자가 청천벽력 같은 소리를 하는 거 아닌가!

"앞으로 델 포스토에 연락하지 말아주세요."

"도대체 무엇 때문에 그런 겁니까?"

"그쪽에서 원하지 않는다고 합니다."

난 내가 무엇을 잘못한 것인지 도통 알 수 없었다. 납득 가지 않았지만, 난 이렇게 이야기했다.

"He can do, she can do, they can do, why not me?"

닭똥 같은 눈물이 흘렀고, 억울해서 잠도 안 오고 화가 치밀어 올랐다. 뉴욕까지 온 이유가 바탈리의 델 포스토를 경험하기 위해서였는데. 그저 멍하게 기다릴 수만은 없었다. 난 일자리를 구하려는 것이 아니라 단지 주방 체험을 원했을 뿐인데, 어떤 심각한 결격사유가 있길래 사람을 오지도 말라고 하는가? 그래서 난 나의 억울함과 의지를 정확히 전달하기 위해 델 포스토에서 일했던 한국인 지인에게 키친 매니저가 아닌 셰프 연락처를 물었다. 그렇게 얻은 연락처로 간절함을 담은 메시지를 한 통 보냈다.

"전 한국인이고 The CIA 학생입니다. 델 포스토에서의 주방 체험을 원합니다. 물론 많은 요리사가 델 포스토에서 일하고 있지만, 전 정말 학생으로서 경험하고 싶습니다. 토요일, 일요일이라도 상관없습니다. 꼭 좀 부탁드리겠습니다."

지성이면 감천이라던가. 문자를 보내니 바로 답이 왔다. 당장 토요일에 오라는 것이었다. 속이 후련하고 마음이 홀가분해졌다. 연락을 받은 그 주의 토요일에 당장 레스토랑으로 가서 셰프 드 퀴진 *Chef de cuisine* (헤드 셰프) 토미 *Tommy*에게 너무 반가운 마음으로 달려가 말했다.

"셰프! 제 어떤 부분이 마음에 안 들었던 거예요?"

"쑨! 아니에요, 당신 잘못이 아니라 사무실 비서가 멋대로 회신했던 거였어요. 다른 요리학교에서도 같은 연락을 받았거든요. 미안하게 됐군요. 그 담당자는 안 그래도 해고했어요."

인턴십이 이렇게 힘든 건지

　당시 내가 이탈리안 요리에 대해 아는 것은 파스타뿐이었지만, 차근차근 배워나갔다. 파스타의 종류 역시 수없이 많고, 이탈리안 코스 요리의 각 단계를 부르는 명칭이 아사지 *Assaggi*·안티파스티 *Antipasti*·프리미 Primi·세콘디 *Secondi*·돌치 *Dolci* 등으로 세세히 구분되어 있다는 걸 알게 되었다. 이탈리아는 지역마다 대표 음식이나 조리법이 천차만별이기에 '이탈리안 요리'라는 단어 하나로 통칭해 부르는 것은 무리가 있다. 그래서 델 포스토에서는 주문을 받기 전, 먹고 싶은 식자재가 따로 있는지(생선 혹은 고기를 선호하는지), 조리 방식이 날것이 좋은지 조리된 것이 좋은지 혹은 특별히 찾는 와인이 있는지를 손님에게 미리 묻고 메뉴를 추천하곤 했다. 그래서 주문을 받는 캡틴 포지션(손님과 주방을 연결해 주는 역할로 한국에서는 홀 매니저로 불림)은 늘 메뉴와 와인을 숙지해야 하며, 단골손님의 알러지와 기호품에 대해서도 기억하고 있어야 했다.

　'이탈리안 요리'는 와인과의 궁합이 아주 중요해서, 새로 들어오는 와인에 따라 메뉴 구성이 변하기도 한다. 셰프의 메뉴가 바뀌면 와인도 달라진다. 델 포스토는 와인 셀러가 미국에서 가장 큰 레스토랑 중 하나라 와인을 마시기 위해 오는 손님이 아주 많았다. 와인을 주문하면 그 와인에 어울리는 코스 요리를 즉석에서 생각해내야 하는 경우도 더러 있었다. 이탈리안 요리에서 와인은 떼려야 뗄 수 없다.

올리브오일 역시 키 아이템이다. 이탈리아는 남북으로 긴 지형 탓에 지역마다 기후조건도 다르고, 토질도 달라 올리브의 맛도 다 다르다. 유명 벤더들은 각 지역의 갓 수확해 만든 올리브오일을 직접 들고 다니며 맛보기를 권한다. 셰프들은 자신이 구상한 메뉴에 어울리는 올리브오일을 골라 라인(전채요리·파스타·생선·고기·디저트)마다 다른 오일을 쓰기도 했다. 사실 델 포스토에서 일할 때만 해도 와인과 올리브오일이 이탈리아 음식에 얼마나 중요한지 깊게 알지는 못했다.

총괄 셰프 마크 라드너 *Mark Ladner*는 미국인이었지만, 전통 이탈리안 요리를 자기만의 방식으로 미국의 업스케일(한마디로 말하자면 비싼 레스토랑이다) 스타일로 재해석해서 미슐랭 투스타, 〈뉴욕타임스〉 선정 포스타 *The New York times four-stars*, 제임스 비어드 올해의 셰프상 *James Beard awards - Best chef in New York City* 을 받은 뉴욕에서 내로라하는 셰프였다. 마크는 이탈리안 요리에 쓰일 식재료 중 가장 중요하고, 질 좋은 것들은 항공으로 공수받았다. 내 인생을 통틀어 가장 맛있게 먹은 토마토는 시칠리아에서 온 파키노 토마토 IGP *Pomodoro di*

*Pachino IGP*인데, 이것도 델 포스토 근무 시절에 처음 맛봤다. 이 토마토는 매일 시칠리아에서 델 포스토로 배달이 되었다.

　레스토랑은 요리뿐만이 아니라 와인·인테리어·테이블 세팅·테이블 웨어 등 모든 것이 어우러져야 하는 오케스트라와 같다. 마크는 나에게 이탈리안 레스토랑의 전반적인 구성에 대해 가르쳐 주었다. 이탈리아 전통 식기 브랜드·와인 잔·테이블 린넨·가구 디자인·조명·웨이터의 차림새까지 이탈리안 레스토랑이라면 갖춰야 할 작은 디테일을 꼼꼼히 익히게 되었다.

　특별히 기억나는 점은 마크가 식기에 대한 애착이 강하다는 것이다. 마크가 가장 아꼈던 식기 브랜드는 지노리1735*Ginori1735*였다. 마크는 일반적인 라인보다 빈티지 컬렉션을 선호해서 특별한 접시·커피잔 등을 하나씩 사 모았다. 특별 손님이 오면 그날 분위기와 메뉴, 계절과 날씨에 따라 주방 한편에 있는 그릇장에서 식기를 직접 골라왔다. 보통 단골이 오면 음식을 서비스로 준다는 건 많이 봐왔지만, 자기가 아끼는 그릇에 음식을 담아 환대하다니. 이것이야말로 우아하고 세련된 환대 아니겠는가.

04.
주방 생존기 in 맨해튼

나는 인턴십 전부터 델 포스토를 드나들었다. 인턴십을 나가기 몇 주 전부터 입학을 기다리는 유치원생처럼 하루라도 빨리 일하고 싶었고, 더 많이 보고, 배우고 싶은 마음만 커져갔다. 그래서 인턴십 시작 전 주말마다 가서 작은 일이라도 했다. 주로 하던 일은 미르포아Mirepoix였다. 이것은 양식을 준비할 때 당근·셀러리·양파 등을 잘게 썰어 준비해놓는 것을 말하는데, 소스나 육수를 만들기 전 이 작업을 통해 채소의 향을 끌어올린다. 간단해 보이지만 일정한 크기로 잘라야 채소가 동시에 익어 조화로운 맛을 내기 때문에 가장 중요하고 동시에 제일 손이 많이 가는 작업이다.

미르포아가 어느 정도 손에 익숙해진 후 나는 파스타를 전문적으로 만드는 셰프를 곁눈질했다. 채소를 다듬으면서 플레이팅이 어떻게 나가는지, 주문이 들어오면 각 파트 담당자에게 어떻게 주문을 읽어줘야 하는지도 보게 되었다. 그런 식으로 채소 다듬는 시간을 활용하니 매일매일 늘 새롭고 즐거웠다. 그러던 어느날, 나를 유심히 보던 마크가 이렇게 말했다.

"쏜! 인턴십 마치고, 학교 수료하면 꼭 같이 일하자. 알았지?"

"그럼요! 당연하죠! 감사합니다!"

인턴십이 끝나고 학교생활을 하면서도 나는 매 주말 델 포스토에 찾아가 작은 도움이라도 주고자 했다. 어느새 과정을 끝마치고, OPTOptional Practical Training 이라는 실습 비자를 들고 델 포스토를 찾아갔다. 처음에는 아사지Assagi, 가르드 망제Garde-manger 등 열을 가하지 않는 음식 파트의 일을 맡게 되었다. 긴 코스 요리의 시작을 맡다 보니, 눈을 사로잡는 플레이팅이 중요했다. 선임자가 만들어 놓은 틀을 깨고 나만의 방식으로 플레이팅 했는데 그게 마크의 마음에 들었나보다. 어느 순간부터 마크가 나를 찾는 일이 잦아졌다.

"쑨! 플레이팅 맡아줘."

그러다 세콘디 Secondi 파트에서 해산물 보조로 잠시 일을 하게 되더니 곧 내가 해산물 라인 전체를 맡게 되었다. 그렇게 실습 비자가 거의 끝나갈 때가 되니 마크가 "쑨, 내가 비자 스폰을 해주면, 남아서 일 더 할 수 있겠어?"라고 물어보는 것이었다. 비자 준비는 전적으로 델 포스토의 전담 변호사가 진행하는 식이었다. H-1B(취업) 비자는 당장 준비하기에는 기간이 오래 걸렸고, 추첨 방식이라 결과도 장담할 수 없는 상황이었다. 그래서 먼저 J1(훈련 및 연수생용) 비자를 신청했고, 델 포스토에서의 1년을 보장해 주었다. 그동안 나는 세콘디 파트의 장Chef de partie이 되었고, 그 1년의 반이 넘었을 때, 부주방장Sous-chef으로 진급했다. 마크는 내게 다시 한번 물었다.

"쑨, 변호사랑 내가 이야기를 했는데, 너의 비자를 다시 지원해주고 싶어. 이번엔 H-1B 비자라는데 모든 비용은 우리가 부담할 테니, 걱정 말고 진행해 보자."

비자가 추첨제라 기다리는 동안 나는 마크의 식재료 사업 가운데 하나인 글루텐 프리 파스타 연구에 동참하기로 했다. 글루텐 프리 파스타는 일반 파스타에 비해 그 종류가 많지 않다. 보통 스파게티, 펜네를 글루텐 프리로 만들어냈지만, 그 외 파스타는 전무했다. 요즘은 다르지만 2010년 즈음만 해도 글루텐 프리 식품은 흔하게 찾아볼 수 없었다.

글루텐 프리 파스타 프로젝트는 'Pasta Flyer'라는 이름으로 마크와 생면 파스타 전담 기술자와 내가 함께한 작업이었다. 레시피를 변형하고 직접 만들면서 일반 파스타의 맛과 질감을 잘 살린 파스타 면을 만들어내야 했다. 동시에 가격은 합리적이어야 했다.

3개월 동안 하버드·예일·로드아일랜드·드렉셀 등 유수의 대학교에서 열린 '글루텐 프리 파스타·알러지 프리 음식' 강의 준비를 돕기도 했다. 구글 본사와 여러 잡지사를 돌며 직원 대상 강의와 시식회를 열기도 했다. 미국 동부의 대학교들을 돌며 연구실에서 레시피도 구현해보고, 학생들과 시식회도 열었다. 주방 설비가 갖춰진 트럭도 직접 설계해 만들어 타고 다니며, 밤늦게까지 메뉴 회의를 하는 등 셰프로서 색다른 경험을 할 수 있었다.

예상하지 못한 색다른 경험과 새로운 만남이 이어지고 있었지만, 나는 무언가 부족함을 느끼고 있었다. 일종의 공허였다. 글루텐 프리·알러지 프리 파스타를 연구실에서 실험하고, 레스토랑으로 돌아오면 셰프로서 파트 관리도 해야 했고, 식재료 주문 업무도 일부분 맡다 보니 정작 내가 무언가 놓치고 있는 것 같았다. 코스 요리의 디테일과 고급스럽게 준비된 음식만 만지다 보니 요리의 본질에서 멀어지는 느낌이 들었다.

'과연 이런 요리가 진정한 이탈리안 요리일까?'

이탈리아 현지 레스토랑들은 어떤 음식을 어떻게 준비하는지 점점 궁금해졌다. 아울러 뉴욕에서 거의 6년을 쉬지 않고 지내다 보니 나 자신을 되돌아보는 시간도 가지고 싶었다.

미국 최고의 이탈리안 레스토랑에 있지만, 정작 이탈리아에서는 배우지 못한 아쉬움도 머릿속에 맴돌았다. 마음의 소리였다. 근데 그 생각이 매일같이 뇌리를 스쳤다. 이런 고민을 가족들과 마크에게 털어놓으면 다들 회의적인 반응이 돌아왔다. 마치 뉴욕 요리학교 입학을 한국의 지인들에게 처음으로 말했을 때처럼.

"쑨! 너는 이미 이탈리안 요리를 다 할 줄 알잖아. 내가 생각했을 때 이미 기술은 완벽해. 하지만 네가 더 많은 이탈리안 요리를 알고 싶다면 책이나 여행으로 충분하지 않을까? 내가 H-1B도 지원해줬으니까 나랑 여기서 더 일해보자! 너랑 해보고 싶은 아이디어가 많아."

마크는 미국 비자 발급까지 기꺼이 돕겠다고 하면서 이탈리아로 휴가를 다녀오라고 했다.

참 운 좋게도, 그 힘들다는 비자 추첨에 나는 당첨이 되었다. 나머지 서류만 준비하면 되는 거였다. 하지만 이제 여기서 일이 더 진행되면 변호사 비용을 다 내주겠다는 마크에게 너무 미안할 것 같았다. 몇 날 며칠을 고민했다. 그리고 결심이 섰다. 이탈리아로 가고자 하는 마음이 너무 커져서 미국에 남는다고 해도 그 전처럼 내 영혼을 다해 일했던 그때로 돌아가기 힘들 것 같다는 결론이 났다. 그리고 나는 마크에게 이별을 고했다. 주변에서는 가지 말라는 사람들만 한가득했다. 그들을 만날수록 나는 더 이탈리아에 가고 싶었다. 그런 그때, 단 한 사람은 달랐다. 당시에는 여자친구였던 수지만이 나의 이탈리아행을 지지해주었다.

"하고 싶은 거 해야지. 궁금하면 가봐야지. 그래야 후회가 없지. 안 그래?"

한사코 주변의 만류가 더욱 세차질 무렵, 난 수지의 말 한마디에 힘을 얻었다. 이탈리아에 간다면 반드시 수지와 함께 가야겠다고 속으로 다짐했다. 결심이 굳은 어느 날, 수지에게 구체적인 이야기를 했더니 이런 답이 돌아왔다.

"우와! 우리 이탈리아에서 사는 거야? 나 이탈리아는 한 번도 안 가봤어. 너무 좋겠다! 피렌체? 시에나? 토스카나? 멋지다! 정말 재미있을 것 같아!"

수지는 망설임 없이 환한 미소로 나에게 웃어주었다. 그 덕에 나는 힘을 얻었다. 나는 든든한 동반자이자 내 삶의 뮤즈가 되어줄 그녀에게 청혼했다. 그리고 그해, 우리는 결혼했고 첫째 아이가 생기게 되었다.

06.
뜻이 있다면 길이 열리리

모든 건 한꺼번에 찾아왔다. 뉴욕에서의 값진 경험을 선물해준 마크와 작별한 후 그해 수지와 결혼하고, 이탈리아로 출국하기 전 식을 간소하게 올렸다. 뉴욕의 손꼽히는 이탈리안 레스토랑에서 일했지만, 나는 이탈리아어를 할 줄 몰랐다. 알파벳 발음부터 차근차근 처음부터 다시 배워야만 했다.

3개월 이상 어학을 배우면서 체류증 *Permesso di Soggiorno*을 진행할 수 있는 어학코스가 있는 대학교는 시에나대학교와 페루자대학교 두 곳뿐이었다(현재는 다를 수 있다). 토스카나주는 이탈리아반도의 중앙에 있고, 르네상스가 시작된 곳이라는 것만으로도 시에나가 페루자보다 더 매력적으로 다가왔다.

시에나대학교 어학연수 과정 입학을 준비하던 중 수지가 임신했다는 것을 알게 되었다. 머리가 새하얘졌다. 함께 이탈리아 생활을 시작하려 했던 계획은 틀어졌다. 외국 생활에 자신 있던 수지도 말 안 통하는 이탈리아에서 산부인과를 다니는 게 겁난다며 이탈리아로의 출국은 출산 후로 미루어졌다. 언제나 나의 편인 수지는 이번에도 씩씩하게 응원해주었다.

"부모님도 계시니 걱정하지 말고 당신만 신경 써."

임신 기간 내내 수지는 장모님과 장인어른의 도움으로 한국의 친정집에서 출산을 준비했다. 그래도 나의 마음은 조급해졌다. 빨리 돌아가 아내와 아이를 돌봐야겠다는 생각뿐이었다. 주어진 상황이 나를 더욱 이탈리아어 공부에 더욱 몰두하게 했다.

03 토스카나의 어느 식당

　뉴욕에서 그토록 그려왔던 이탈리아 로컬 음식도 더 많이 경험하기 위해 교외 버스를 타고, 하루에 몇만 보를 걸으며 알려지지 않은 식당을 찾아다니곤 했다. 그래도 마음 한편에 불안감은 커져갔다. 출산 예정일이 다가올수록 그랬다. 첫 아이를 두 눈으로 담고 싶었다. 그래서 잠시 한 달 정도 한국에 가 있기로 했다. 고맙게도 수지는 별 탈 없이 큰아이를 낳았고, 세 가족이 함께 시간을 보내니 우리 가족이 함께 있고자 하는 마음만 더 간절해졌다.

　하지만 어학연수 기간도 남았고 아직 내가 이탈리아에 온 목적은 첫발조차 내딛지 못했다. 선뜻 한국으로 돌아올 수 없었다. 수지도 나의 성격을 알았던 지라, 어학연수를 마치고 이탈리안 요리를 더 배우고 오라며 응원해 주었다.

04 오래된 어느 식당에서

삶은 언제나 계획대로 되지 않는다. 이번에도 그랬다. 이후 어학연수 기간 중의 짧은 방학에 한국에 갔다가 덜컥 둘째가 들어섰다. 큰아이도 어린 와중에 둘째까지 배가 불러오니 수지의 몸과 마음이 힘겨워 보였다. 수지의 출국은 또 미뤄지게 되었다.

갑자기 두 아이의 아빠가 된다고 하니 실무를 빨리 익혀서 자리를 잡아야 겠다는 생각이 번뜩 들었다.

'어학연수보다 스타지를 해야겠어!'

이탈리아어도 현지인과 어울리면 더 빨리 늘 것 같다는 계산도 깔려 있었다. 일할 수 있는 레스토랑을 적극적으로 알아보기 시작했다. 그렇게 시에나의 몇몇 레스토랑에서 스타지를 했고, 볼로냐에 있는 5성급 호텔에서도 주방 경험을 쌓았다. 그러면서 나의 이탈리아어 실력도 좀 늘었고, 또래 이탈리아인들과 어울리며 소개를 받아 더 많은 기회가 주어지게 되었다. 하지만 문제가 있었다. 바로 비자였다.

이탈리아어를 익히면 내 경력을 활용해 취직하는 데에 문제가 없을 것으로 생각했다. 하지만 도시가 클수록 일하려는 사람들도 많아서인지 비자 발급이 지체되어 당장 일하는 건 힘들었다. 하는 수 없이 시에나대학교 어학연수를 다시 하게 되었다(어학 연수를 하면 단기 학생 비자가 쉽게 나온다). 이때 이탈리아인 교수가 현지 레스토랑을 추천해 주었다. 오래된 레스토랑으로 해산물 맛집이었고, 시에나에서는 명성이 자자한 곳이라고 했다.

돌다리도 두드리고 건너야 하니, 우선 난 식당의 요리가 궁금해서 직접 가서 먹기로 했다. 명성만큼 음식의 밸런스가 좋았다. 신맛·짠맛·단맛·감칠맛 등 모든 맛이 한 요리에 골고루 어우러졌다. 토스카나식 전통 요리법에 따른 것이 아니라 남부 지방인 나폴리 Napoli에서 온 식당 사장과 북부 지방 페라라 Ferrara 출신의 사장 아내이자 셰프가 만들어 낸 조화로움이 독특했다. 시에나에서 흔히 맛볼 수 없는 남부와 북부 요리를 자주 선보이는 곳이었다.

파스타 미스타 Pasta Mista라는 음식이 있다. 가난한 나폴리 사람들이 주로 먹는데 파스타를 만들고 남은 부스러기를 모두 모아 감자와 함께 푹 익힌 음식이다. 다른 파스타와 달리 소스가 따로 있는 게 아니라 끓는 물에 파스타·감자·스카모르차 Scamorza(훈제 모차렐라)를 넣어 만든 한국의 감잣국 같은 국물 파스타다. 파스타 미스타는 간단하지만, 이탈리아 중부의 부유한 도시인 시에나에서는 먹기 힘든 음식이라 나폴리가 고향인 사람들이 이 식당에 오면 많이 찾는 인기 메뉴 중 하나다.

요즘에는 파스타 미스타에 콩줄기나 콩, 다양한 채소 등을 넣기도 하고 봉골레 Vongole 등을 넣기도 한다. 기호에 따라 고급스럽게 먹는다. 페라라에서

온 메스톨로의 셰프는 에밀리아 로마냐 *Emilia-Romagna* (이탈리아반
도 북부 주)에서 겨울에 자주 먹는 볼리토 *Bollito* 라는 음식도 자주
만들곤 했다. 볼리토는 우리나라의 모듬 수육과 비슷하다. 소의
혀·볼살·갈빗살·꼬리·정강이 등 다양한 부위를 푹 끓인 것으
로 살사 베르데 *Salsa Verde* 라는 소스에 찍어 먹는다. 이 육수에 토
르텔리니 *Tortellini* 라는 작은 만두 같은 파스타도 곁들여 먹는다.

　토스카나 지방에는 국물이 있는 음식이 많지 않다. 앞으로도
이야기하겠지만, 토스카나의 스프는 대부분 빵이 들어가 있어서
굳이 숟가락을 쓰지 않더라도 포크로 충분히 먹을 수 있다. 그래
서 시에나 가게들만의 속설이 하나 있다.

　'숟가락으로 먹는 음식이 있으면 가게가 잘 안된다.'

　하지만 추운 겨울이면 생각나는 음식이 따뜻한 고기 국물일
것이다. 국물 파스타는 토스카나에서 보편적인 음식이 아니니
맛볼 수 있는 곳은 페라라 출신 요리사가 있는 이 식당뿐이다. 미
국에서 본 아주 세련되고 고급진 느낌은 아니었지만, 내공 있는

레스토랑 같았다. 이름은 메스톨로 *Il mestolo* (국자를 뜻한다)였다. 나는 이곳에서 일하기로 했다.

그때의 선택이 시에나 생활의 밑거름이 될 줄 몰랐다. 메스톨로의 사장은 내가 꽤 마음에 들었던지 학생 비자를 취업 비자로 금방 변경해주었다. 작은 도시 시에나에서는 취업 변경 대기자도 적었고, 사장이 워낙 마당발이었던지라 시청 직원들과도 친분이 있어서 비자 신청이 일사천리로 진행되었다. 이제 가족들을 이탈리아로 불러들이는 일만 남았다.

아이 둘과 아내가 온다고 하니 네 식구가 편히 지낼 만한 집을 알아보기로 했다. 부동산에서 월세를 구할 때 임대인이 내가 외국인 것을 알고 계약 기간을 1년 혹은 6개월만 하고 월세는 평균보다 더 올려 받으려고 했다. 그러던 어느 날, 부동산에서 시시콜콜한 일상 이야기를 하다가 이런 대화가 오가게 되었다.

"저 다음 달부터 메스톨로에서 일하기로 했어요. 그래서 한국에서 가족들이 이탈리아로 오기 전에 집을 구해야 하는데 쉽지 않아서 걱정이에요."

"메스톨로요? 가에타노 *Gaetano* (가게 사장님의 이름)가 주인인 레스토랑요? 가에타노랑 친구라 제가 자주 가는 식당이에요."

그러면서 '왜 진작에 가에타노와 일한다고 말하지 않았어? 너는 믿을 만한 친구네'라는 표정을 지었다.

"어디 마음에 드는 집이 있는지 다시 찾아봐요. 내가 다시 알아봐 줄게요."

나는 마음에 드는 집을 알려주고 돌아왔다. 하루 뒤, 먼저 집을 보러 가자고 물어보는 게 아닌가? 매번 거절당하거나 시세보다 높게 부르던 사람들이 하루 만에 집을 보여주다니. 어찌 된 영문인지 모르고 일단 집을 보러 갔다. 내부가 썩 나쁘지는 않았다. 근처에 놀이터·어린이집·유치원이 있고 메스톨로까지 걸어 다닐 만큼 가까웠다. 아내에게 사진을 찍어 보내면서 마음에 들지 않더라도 이 집으로 계약하면 어떻겠냐고 물었다.

"그럼! 용찬 아빠 수고했어. 나는 다 좋아. 놓치기 전에 빨리 계약하자."

일사천리로 계약서를 썼다. 집주인과 계약서를 쓰기 전 그와 나는 신분증, 학교 재학증을 주고받았다.

"부동산에서 들었어요. 메스톨로에서 일하신다고요?"

"맞아요. 다음 주부터 시작할 거예요. 어린아이 둘과 아내가 한국에서 오니까 이 집에서 잘 지내고 싶어요."

중개인은 기분 나쁘지 않은 선에서 개인사를 물었다. 시에나에 왜 왔는지, 아이들과 아내는 왜 두고 혼자 왔는지 등…. 은근한 호구조사였다. 이탈리아는 임차인을 보호하는 법이 강하다 보니 월세를 제때 내지 않더라도 함부로 쫓아낼 수 없고, 계약도 기본 3년 혹은 4년이며 계약서에 따라 또 2년을 더 거주할 수 있다. 또 계약 기간에는 월세를 함부로 올릴 수 없다. 그래서 임대인은 임차인을 늘 꼼꼼히 살피고 주위 평판을 알아본다. 가끔 월세를 내지 않거나 집을 함부로 쓰는 골치 아픈 임차인을 두는 것 보다 비워놓는 게 더 낫기 때문이라고 한다. 그러니 아는 사람 하나 없는 외국인 입장에서는 집을 구하는 게 쉬울 리 없다.

언어 문제·친구 사귀기·직장 구하기·집 구하기 등 뉴욕 생존기보다 이탈리아 정착기가 당연히 더 힘들었지만, 그래도 나는 말 안 통하는 시에나에서 나름 선방했다고 믿었다. 몸은 멀리 떨어져 있었지만, 마음은 항상 곁에 있었던 수지는 늘 긍정의 기운을 불어넣어 주었다. 그렇게 나도 아내도 이탈리아 생활을 너무 쉽게 생각했던 것 같다. 순조롭게 정착 과정이 착착 이뤄지던 터라 가족 모두 이탈리아로 오게 되었다.

지금 생각해 보면 혼자 좀 더 지내면서 현지 생활을 알고 난 후 가족들을 부를 걸 하는 후회도 조금은 있다.

아무튼 18개월 된 큰아이와 백일도 채 안 된 둘째까지 시에나에 왔다. 나는 하루아침에 학생에서 이탈리아를 전혀 모르는 아내와 아이 둘의 보호자가 되었다.

07.

시에나의 주방은요

    메스톨로의 주방은 미국의 신식 주방에 비하면 할머니 댁에서나 볼법한 오래된 부엌 같았다. 기계나 설비는 오래되었지만, 작동은 그런대로 되고 손에 익어서 버리기는 아깝고 쓰자니 고장이 잦은, 딱 그런 상태였다. 레스토랑은 나름 신식이라고 불리면 백 년 미만 된 건물에 있었고, 오래됐다는 말뜻은 대략 천 년 전인 고려시대 초에 지어진 건물을 의미했다. 그러니 배수로도 주방 위치도 쉽사리 바꿀 수 없다. 따라서 셰프는 때론 설비 기술자가 되어야만 한다.

    하수구가 막히는 건 늘 있는 일이었다. 나는 요리사이므로 하수구가 막히면 누군가가 와서 고쳐줄 거로 생각하고 다른 일을 먼저 하면 이런 반응이 나오곤 했다.

    "쑨! 얼른 와서 안 뚫고 뭐 해? 너 일 안 해?"

    "저요? 저 하수구 어떻게 뚫는지 모르는데요…"

    주인은 고개를 내저었다.

    "저기 가면 쇠꼬챙이랑 약품 있어! 도대체 어디까지 가르쳐줘야 해!"

    어이가 없었다. 그래도 저녁에 영업해야 하니 급한 마음에 쇠꼬챙이로 긁어냈다. 그랬더니 봉골레 껍데기가 올라온다. 같이 일하는 동료가 해감 후 조개껍데기 일부를 그냥 버린 것이 화근이었다.

    "너 아까 손질하던 봉골레 껍데기 제대로 안 치웠어?"

"나? 아닌데. 내 말을 제대로 이해 못 한 거 같은데…."

주방에서 일어나는 크고 작은 실수들은 모두 나의 이탈리아어가 부족해서라는 동료들의 놀림과 비아냥거림이 있었다. 취업 비자 발급을 도와준 사장을 봐서 금방 관두겠다는 소리는 내뱉지 못했다. 그냥 하루하루를 근근이 견뎠다. 억울한 일은 한두 개가 아니었다. 20년 넘게 해오던 그들의 방식을 조금이라도 바꾸거나 보다 나은 방향을 제시하면 유별나고 나대는 사람으로 취급받았다.

메스톨로의 주방에는 냉장고가 네 대나 있었다. 냉장고에는 늘 구분 없이 재료들이 차곡차곡 쌓였다. 그러다 보니 같은 메뉴도 점심때는 양이 많고, 저녁때는 양이 부족한 일이 종종 생겼다. 그래서 점심용·저녁용·케이터링용·엑스트라용 혹은 패밀리밀용으로 구분하자고 제안했다.

"쏜! 여태 잘 쓰고 있는데 왜 귀찮게 일을 만들어? 나 오늘 집에 일찍 가야 한다고…."

"재료가 있다가 없다가 그러니, 매일 다툼이 나잖아. 오늘이라도 정리해서 써보자. 아니면 내가 해놓을게."

결국, 점심 영업이 끝나고 혼자 냉장고를 정리했다. 의심이 많은 주인은 가던 길을 멈추고 한마디 거들었다.

"쏜! 집에 안 가고 뭐 해?"

설명을 다시 했더니 이런 반응이 돌아왔다.

"그래? 그런데 왜 갑자기 한다는 거야?"

"주방 식구들이 언제 제 말에 관심 있었어요? 일단 바꿔놓고 써보면 알 거 같아서 해 보는 거죠. 어떻게 생각하세요? 하지 말까요?"

"아니 시작해. 혼자 할 수 있겠어?"

"그럼요. 혼자 할 수 있어요. 분명 다들 좋아할 겁니다."

냉장고 정리를 새로 하고 처음 맞는 저녁, 주방 식구들은 우왕좌왕했다.

"쏜! 왜 바꿨어? 셀러리 어딨어?"

07 정리된 창고

"아까 쓴 새빨간 새우_Gamberi Rossi_ 어디 있어?"

"쏜은 유난이야. 귀찮게."

하지만 날이 지날수록 재고 파악도 정리도 잘 되기 시작했다. 남는 재료는 케이터링 메뉴로 돌려쓰기에 좋았다. 메뉴의 양은 늘 일정해졌고, 주방 동선은 더 짧아졌다.

이렇게 되기까지 많은 언쟁을 했고, 자연스레 인내심도 늘었다. 한국도 잘 알고 미국 여행도 자주 했던 나이가 좀 있는 홀 웨이터가 어느 날 이런 말을 했다.

"너 일하는 게 여기 스타일은 아닌데, 어떻게 여기까지 오게 된 거야?"

"저는 미국 맨해튼 이탈리안 레스토랑의 수셰프로 일했는데, 진짜 이탈리아 음식을 알아보고 싶어서 왔어요. 이탈리아 음식은 정말 좋은데 아침 9시부터 밤 11시까지 하루 종일 일할 거라고는 상상도 못 했어요."

미국 취업 비자를 포기하고 이탈리아로 왔다고 했더니 나를 세상 바보 천치로 생각했다. 그때 나도 후회한다고 이야기했다. 그래도 나는 가장이었고, 내가 한 선택을 되돌릴 수도 없었고, 앞으로 나아가야만 했다.

메스톨로는 시에나에서 꽤 유명한 식당이라 매일 바빴다. 결혼식 피로연이

나 크고 작은 파티의 케이터링도 많았고, 근처 대학교와 제약회사에서도 스페셜 점심 메뉴 주문이 와서 종종 준비해야 했다. 뉴욕의 레스토랑에서는 주방 인원도 늘 충분했고 케이터링팀·레스토랑 서비스팀 분리되어 있어 내가 모든 걸 준비할 필요는 없었다. 하지만 여기에서는 주방 인원은 늘 빠듯하거나 부족했고, 케이터링과 서비스는 늘 주방 한곳에서 준비되었다. 내가 제일 먼저 배워야 할 것은 어떻게 하면 더 빨리 많은 서비스를 해결할 수 있을까였다. 조금의 부지런함과 요령이 도움이 되어 하나씩 해결해갔다.

케이터링은 보통 일주일 전부터 일정을 알고 있다. 저녁 영업은 오후 6시부터 준비하지만, 실제 이탈리아에서의 저녁 식사는 대부분 저녁 8시에 시작한다. 손님이 오기 두 시간 전에 저녁 영업만 준비하기에는 시간이 너무 길다. 그 시간 동안 미리 조금씩 해두면 케이터링이 나가는 당일과 전날은 마무리 작업만 하면 되니 크게 바쁠 일이 없다. 이렇듯 내가 제안한 방법은 특별하거나 어려운 방법이 아니었다.

하지만 동료들은 미리 준비하는 게 귀찮았던 것인지 아니면 저녁 영업 준비에만 너무 몰두해서인지 왜 미리 준비해야 하냐고 되묻는 일이 많았다.

"쑨! 우리 케이터링 날짜는 아직 닷새나 남았어. 진정해 Con Calma."

"알았어. 나는 나대로 준비할 테니까, 너희는 하던 대로 해."

케이터링 당일에는 오븐에 굽거나, 빵 위에 미리 준비해둔 양념만 올려주면 끝이었다. 레스토랑의 사장과 그의 아내인 총괄 셰프는 내가 해둔 일에 놀란 듯 보였다. 이탈리아어는 잘 못했지만, 주방에서는 실력과 요령이 더 중요했다. 1년 넘게 일하면서 동료들은 나의 방식을 조금씩 믿어주었다.

사장은 업무 속도가 빠른 나에게 더 많은 일을 주었고, 심지어 한 사람을 내보내기까지 했다. 내가 이 레스토랑에서 준비하는 메뉴가 많아지고, 가끔 나의 지인들이 와 "셰프 쑨 있나요?"라고 묻는 일도 많아졌다. 내가 다이닝 홀로 가서 인사를 하고 메뉴 소개를 하기도 했다. 혹은 우연히 사람들과 만난 자리에서 나의 소개를 하고 메스톨로에서 일한다고 하면 이런 대화가 오갔다.

"요즘 메스톨로 정말 맛있어졌다고 이야기 들었어요. 저도 꼭 가보고 싶네요. 가서 '쑨'을 찾으면 되나요?"

나를 찾는 손님들도 많아지고 나에게 "음식이 정말 맛있어요!"라는 이야기를 해주는 사람도 늘면서 레스토랑 사장은 나에게 "쑨! 내 아내가 총괄 셰프인 거 알지? 홀에 자주 나와서 인사하는 일은 없으면 좋겠어."라고 단호하게 경고했다.

같이 근무하는 동료들은 나이가 어려서 그 주변 지인들이 메스톨로 정도의 고급 레스토랑에서 와인과 음식을 즐기지 않았지만, 용찬이(큰아이)의 학부모들이나 시에나대학교 교수님들이 이따금 찾아오곤 했다. 손님들이 총괄 셰프 외에 다른 직원을 찾는 경우는 처음이었던지라, 사장과 그의 아내는 '그들의' 메스톨로가 '나의' 메스톨로로 알려지는 게 싫은 듯 보였다.

08 메스톨로의 주방에서

08.
셰프 베르통

　지금은 틈만 나면 이탈리아 곳곳으로 가족과 나들이를 떠나지만, 가장 기억에 남는 건 언제나 처음이다. 2019년, 우리 가족은 여름휴가로 밀라노 여행을 떠났다. 작은 도시를 벗어나 세계적인 대도시에서는 어떤 레스토랑과 음식, 그리고 어느 셰프가 유명하고 인기가 있는지 궁금했다. 검색해서 처음 간 곳은 리스토란테 베르통 *Ristorante Berton*이었다. 미슐랭 원스타 레스토랑으로 수석 셰프 베르통은 이탈리안 퀴진의 새 역사를 만들어가고 있었다. 현대 이탈리안 요리의 근간을 만든 구알티에로 마르케지 *Gualtiero Marchesi* 셰프는 현재 우리가 가장 많이 봐온 요리법과 플레이팅을 만든 명실상부한 세계 최고의 이탈리안 셰프다. 안드레아 베르통 *Andrea Berton*은 마르케지의 제자 중 한 명으로 더 발전된 현대적인 이탈리안 요리를 만들어내고 있었다.

　일부러 근처 숙소로 예약하고, 아내와 아이들에게 양해를 구하고는 혼자 레스토랑으로 갔다. 우연처럼 이탈리아 현지 삼성 법인의 건물 1층(이탈리아식으로 0층)에 있어서 왠지 더 뿌듯하고 기분 좋게 입장하였다. 혼자 식사를 하고 홀 매니저와 이야기를 하다보니 자연스럽게 나의 소개도 하게 되었다. 대도시라 그런지 의사소통이 영어로 가능해서 심적으로 약간 홀가분했다. 사실 이때만 해도 나의 이탈리아어 실력은 주방에서 늘 쓰는 말에 한정되어 있었다. 일상 대화나 새로운 주제가 나오면 조금은 긴장되고, 불편했다. 상대방이 영어를 구사한다면 그때부터는 마음이 편해져서 영어·이탈리아어를 섞어 쓰며 소통했다.

홀 매니저는 내가 뉴욕에서 일했던 델 포스토를 알고 있었다. 내 앞이라서 그런 건지 아주 훌륭한 이탈리안 레스토랑이었다며 나를 높이 추켜세워 줬다.

"말도 안 돼! 당신이 거기서 일했다고요? 거기 완전 톱이잖아요. 거기에 한국인 셰프가 있는지 몰랐네요. 저도 가보고 싶었는데 못 가봐서 늘 아쉬웠는데, 이렇게 우리 레스토랑을 찾아주니 정말 고마워요."

미국이 아닌 이탈리아에서 나를 알아봐주는 사람이 있다니…. 순간 울컥했다. 매니저는 식사를 끝내고 나가지 말고 잠시 기다려 달라고 했다. 오랜만에 혼자 하는 식사라 미각에 온 힘을 집중해 음식을 맛보았다. 내가 늘 동경하던 전통적인 이탈리안 레스토랑은 아니었지만, 셰프 베르통이 내놓은 요리는 다른 나라 음식과의 공통점을 찾아 아주 영리하게 재해석한 새로운 맛이었다.

키가 크고 모델처럼 훤칠한 셰프가 홀에 나오자 모든 손님이 그를 쳐다봤다. 매니저가 내가 앉은 바 테이블로 셰프와 함께 왔다. 매니저는 신이 나서 셰프에게 나를 열심히 소개했다. 내가 매니저에게 고마움을 표해야 할 만큼 나의 경력을 상세히 말해주고 다음에 꼭 다시 만났으면 좋겠다는 말을 남기고 밖으로 나왔다. 베르통과는 시에나에 오게 된 이유, 그곳에서의 생활, 가족 등의 이야기를 나누었다.

그때, 베르통이 밀라노에서 함께 일하면 좋겠다고 했다. 하지만 가족이 늘 먼저인 이탈리아인의 정서에는 아내와 아이만 남겨두고 올 수 있는지를 걱정하는 기색이 역력했다. 그는 내게 아주 조심스럽게 물어보고 있었다. 마음이 정해지면 연락을 다시 달라며 명함을 받은 후, 나는 가족들이 있는 숙소로 돌아왔다. 기분이 오묘했다. 기분이 날아갈 것처럼 좋은 게 큰 부분을 차지했지만, 델 포스토의 수셰프로 일한 나의 경력과 모든 노력이 비로소 사실로 밝혀진 것이다!

내가 시에나 와서 열심히 이력서를 내고 설명했을 때는 나의 요리 경력이 그다지 인정받는 눈치가 아니었다. 그러나 오늘 매니저의 설명으로 나는 내 삶을 인정받은 기분이 들었다. 2005년부터 늘 이탈리안 요리를 배우고, 익히고, 몸소 체득해왔는데 이제야 나의 경력에 인정 'Approved' 도장을 받다니! 이 경험은 앞으로 내가 이탈리아에서 어떤 마음가짐으로 생활해야 하는지 보여주는 한 예시에 불과했다.

여름휴가를 마치고, 날이 쌀쌀해지니 밀라노에서 다시 연락이 왔다. 내년 서비스를 위한 팀을 꾸리고 있는데 함께 해보는 게 어떻겠냐고 했다. 숙소는 다른 직원들과 써야 하며, 월급은 그리 많지 않다고 이야기했다. 옛말에 이런 말이 있지 않던가.

'사람은 서울로 가고, 말은 제주도로 가라.'

나는 그 말을 떠올리며, 두 아이와 아내를 시에나에 두고 밀라노로 떠났다.

09

09.

밀라노와의 짧은 인연

베르통의 레스토랑은 다른 나라의 맛과 이탈리아의 미식 감각을 해치지 않으면서 공통 분모를 찾아 융합한 색다른 요리를 만들고 있었다. 동양의 맛을 늘 궁금해하던 베르통은 나를 통해 새로운 맛을 경험해보고 싶어 했다.

"쑨! 한국에서 가장 유명한 음식은 뭐지? 나 불고기, 비빔밥은 알아. 그런 거 말고 다른 거 있잖아. 만들어줄 수 있을까?"

이탈리안 요리에 푹 빠져 사는 나에게 한식을 묻다니. 나는 요리사지만, 집에서의 요리는 지금까지 통틀어 손에 꼽을 만하다. 한국 음식은 수지가 다 준비했기에 어떤 요리를 내야 할지 머릿속에 떠오르는 게 전혀 없었다.

"여보! 셰프가 한식 먹고 싶다는데 무슨 음식을 내놓을까? 불고기나 비빔밥 말고 다른 게 궁금하다는데, 어쩌지?"

누군가가 나를 한국 대표로 내세운 것은 아니지만, 그래도 한식의 진면모를 꼭 보여주고 싶었다. 하지만 식재료는 한정되어 있었고, 일은 일대로 하면서 한식을 준비했기에 최대한 간편한 메뉴를 떠올려야만 했다. 그때 김밥을 떠올렸다. 김밥은 일본의 스시보다 손쉽게 먹기 좋으면서 그 안에 밥·고기·채소 등이 들어가 모든 영양소를 한꺼번에 챙길 수 있으니 꼭 보여주고 싶었다. 그리고 파스타와의 공통 분모를 강조하고 싶어 자장면과 비빔국수를 하기로 정했다. 자장면은 라구_Ragù_와 비슷하지만, 대신 콩으로 만든 춘장을 쓰니 뭔가 비슷한 듯 다르게 느낄 거라 생각했다. 비빔국수는 샐러드처럼 준비해서 이탈리아인들이 여름에 즐겨 먹는 차가운 파스타를 떠올리게 해주고 싶었다. 물론 한국에서 먹는 김밥·자장면·비빔국수와는 다르지만, 셰프가 원하는 공통 분모를 찾을 수 있게끔 준비했다. 꼭 시험 보는 아이처럼 떨리고 긴장되었다. 셰프가 내가 준비한 음식의 맛을 보더니 처음에는 별말이 없었다. 이내 모든 음식을 싹 비우더니, 서비스 준비를 하는 나를 불렀다.

"쑨! 브라보!"

날 향해 엄지 척을 해주었다. 이탈리아의 유명 셰프가 나를 안아주고 함박웃음을 짓다니. 대놓고 좋은 척을 할 수 없었다. 주변 동료의 시기와 질투를 경계할 수밖에 없었다. 이탈리아에서의 경력이 짧았던 내가 파트장Chef de partie으로 왔으니 동료들의 시샘이 매번 걱정되었다. 여하튼 브라질·멕시코 등 해외 음식에 관한 경험이 풍부했던 헤드 셰프도 내가 준비한 한식에 관심을 보였다.

늘 새로운 요리법을 탐구하는 베르통은 요리 기계에도 관심이 많았다. 출근 첫날, 주방에서 한국의 오쿠 약탕기를 보고 깜짝 놀랐던 기억이 있다. 약탕기는 재료와 적당한 물을 넣으면 압력과 열을 발생시켜 오랜 시간 끓여내는 기계다. 재료를 타지 않게 하면서 즙을 내고 압력솥처럼 그 안의 수증기로 익혀내 깊은 향을 끌어낸다.

베르통은 브로도 Brodo, 즉 육수를 메뉴마다 다르게 만들어 주재료의 맛을 극대화하는 것을 중시했다. 코스 요리 중에 '보통 국물이 아니에요 Non solo Brodo'라는 것이 있다. 일곱 가지 코스에 요리마다 다른 육수를 준비해서 맛에 변화를 주는 것이다. 각종 채소의 정수만을 뽑아 맑은 육수를 얻기 위해 약탕기를 썼던 것이었다.

베르통 레스토랑의 메뉴가 손에 익어갈 때쯤, 이탈리아에 코로나가 창궐하기 시작했다. 동아시아인 혐오가 이탈리아 사회에 조금씩 싹트기 시작했다. 그러자 베르통은 진심으로 나를 걱정해주었다.

"쑨! 아시안 혐오가 있을 수 있으니 출퇴근할 때 꼭 다른 동료랑 다니고, 밤에는 꼭 택시를 타면 좋겠어. 혼자 걸어 다니지 마."

이때만 해도 이곳은 괜찮을 거로 생각했지만, 밀라노 입성 두 달 반 만에 이탈리아는 온 나라가 문을 닫았다. 대로변·골목·도시·시골 할 거 없이 대부분의 레스토랑은 결국 문을 닫았고, 나는 하는 수 없이 시에나로 돌아왔다.

그게 새로운 시작이었을 줄이야.

10.

벨몬드 호텔

　한국에서 코로나가 이탈리아보다 먼저 유행하면서, 한국에 있는 가족들은 마스크를 미리미리 구해야 한다고 신신당부했었다. 이탈리아인들은 마스크를 잘 쓰지 않았다. 이탈리아에서 생활하면서 팬데믹 전까지 마스크를 쓰는 사람을 단 한 번도 본 적이 없었다. 나중에 알고 보니 마스크를 평생 써본 적 없는 사람들이 대부분이었다. 그러니 마스크를 약국에서 팔지도 않았다. '의료용' 마스크는 일반적으로 쓰지 않았고, 그나마 있는 마스크도 공사 현장이나 집에서 페인트칠할 때 쓰는 '공업용'이었다. 철물점에서나 구할 수 있었다. 그러니 내가 알던 마스크와 여기 이탈리아에 파는 마스크는 모양도 용도도 너무 달라서 그냥 집에 돌아왔다.

　며칠 지나지 않아 비상 경계령이 시작되면서 모든 관공서와 학교는 문을 닫았다. 그때부터 약국에서 마스크를 의약품처럼 팔기 시작했지만, 모두 중국제뿐이었다. 마스크 한 장에 4~5유로였다. 그마저도 물건이 없어 시에나에 있는 모든 약국을 돌아다녔다. 레스토랑은 모두 문을 닫았고, 배달 방식의 서비스에 대해서는 별 관심이 없었던 이탈리안 식음료 사업자들은 모두 거리에 나앉게 생겼다며 걱정이 태산이었다. 일만 하던 나에게도 강제적인 휴식이 주어졌다.

　덕분에 오랜만에 가족들과의 시간을 보낼 수 있었다. 집에서 오랜만에 정원 관리도 하고 창고 정리를 할 여유도 생겼다. 그러나 마음 한편에서는 불안감이 엄습했다. 시간이 가도 팬데믹 상황은 나아질 기미가 보이지 않았다. 할 수 있는 게 아무것도 없었다. 그래도 백신 접종이 시작되고 식당들은 하나둘 문을 열기 시작했다. 베르통의 레스토랑에서도 연락이 왔지만, 다른 사람들과 숙소를 같이 쓰기에는 위험할 것이란 판단이 들었다. 난 밀라노로 돌아가지 않았다.

결국, 난 시에나에서 다시 일을 구하기로 했다. 집 근처 친구 가게에서 저녁 시간만 도와주는 것을 시작으로 천천히 일을 알아보고 있었다. 그러다 벨몬드 호텔 *Belmond hotel*에서 직원을 구한다는 친구의 이야기를 듣고 이력서를 준비해 면접을 보러 갔다.

이탈리아의 사장들도 한국처럼 구인·구직 사이트에 채용 공고를 올리기는 한다. 그러나 실질적으로 알음알음 채용이 대다수다. 처음에는 그런 방식을 모르고 인터넷 사이트에 올라온 호텔 구인란에 수없이 이력서를 보냈다.

나는 로컬 레스토랑에서 일했던 경험 덕에 이탈리아 주방이 얼마나 힘든지 충분히 알고 있었다. 그래서 이번에는 세계적인 체인 호텔에서도 꼭 일해 보고 싶었다. 하지만 이력서를 냈던 모든 호텔과는 연이 닿지 않았다. 처음에는 '내가 외국인이라서 그런 건가 아니면 뉴욕에서의 경력을 인정받지 못하나'라고 되뇄다. 왜냐면 서류 접수를 해서 인터뷰로 이어졌던 적이 단 한 번도 없었기 때문이다. 하지만 친구 소개로 이력서를 보내니, 며칠 뒤 인터뷰 약속이 잡혔다.

시에나에서 차를 타고 북서쪽으로 30분 정도 아스팔트가 깔린 도로를 달리다가 마지막 10분 정도는 비포장도로인 산비탈을 올라갔다.

'길을 잘못 들어섰나? 주소가 잘못된 건 아니지?'

우왕좌왕하는 사이에 사이프러스 나무가 나란히 늘어선 길이 펼쳐지기 시작했다. 그 끝에는 아름다운 성이 있었다. 그 주변으로 흐드러지게 핀 야생화인지 아니면 조경을 위해 심은 꽃들인지 모를 식물들과 나무와 돌로 건축된 세련된 건물이 나타났다. 동화 속 한 장면 같았다.

인사 담당자를 만나 호텔 로비의 바에서 이야기를 나누게 되었다. 호텔은 코로나로 인해 문을 닫았다가 재오픈해 채용하고 있던 터라 손님이 아무도 없었다. 마호가니 나무로 만든 데스크와 붉은 벽돌로 치장한 바*bar*는 내가 면접을 온 건지 손님을 만나러 온 것인지 헷갈리게 했지만, 호텔이 주는 특유의 분위기만으로도 긍정적인 기운을 느끼기에는 충분했다.

　나는 무언가를 해야 한다면 반드시 하고, 내 것이 아니라면 지체 없이 흘려 보내는 사람이다. 이 호텔과의 첫 만남도 그랬다. 난 사전 정보 조사도 없이 이 호텔로 향했었다. 인터뷰 도중 벨몬드 호텔이 세계적인 명품 그룹 LVMH가 운영하는 호텔 라인이라는 걸 알게 되었다. 뉴욕에 있으면서 글로벌 호텔 체인에 익숙했지만, 명품 패션 브랜드에서 호텔도 운영하고 있을 거라고는 생각 못했다.

　이탈리아에서는 세계적인 체인 호텔은 주로 대도시에 있었고, 소도시나 대도시 외곽으로는 규모가 작은 고성을 재단장한 고급 서비스와 편안한 휴식을 제공하는 부티크 호텔이 대부분이다. 특히 피렌체와 시에나 사이에 키안티*Chianti*라는 포도 재배 지역이 있기에 이 근방에 오래된 성을 호텔로 개조해 영업하는 곳이 많았다. 패션 브랜드(내가 현재 근무하고 있는 로즈우드 호텔도 '살바토레 페라가모' 가문이 소유하고 운영하는 곳이다. 현재는 홍콩의 글로벌 호텔 경영 회사가 운영중이다)나 와인 메이커들은 선대부터 가지고 있던 고성을 중심으로 주변의 작은 마을 전체를 손님들의 공간 그리고 직원용 숙소로 쓰곤 했다.

　며칠 뒤, 함께 일하자는 소식을 들었다. 뛸 듯이 기뻤다. 그리고 혼잣말을 중얼거렸다.

　'혼자 이력서를 수십 통 보낸 것보다, 친구 소개로 한 번에 되는구나.'

11.
리구리아와 만난 시에나

　벨몬드 호텔의 주방은 규모도 크고 환기와 통풍도 잘 되었으며, 파트마다 업무 분담이 잘 되어 있었다. 부티크 호텔의 특성상 규모는 작지만, 가격이 일반 호텔에 비해 굉장히 높아서 이탈리아 현지인보다 독일·북유럽·미국 등에서 온 부유한 외국 손님이 대부분이었다. 하지만 코로나의 여파로 해외여행객 유입이 적었고, 백신 접종자 위주로 예약을 받다 보니 손님 숫자가 예전에 비해 확연히 줄었다고 했다. 영업이 완전 정상화되기 전 내가 주방에서 새로운 요리를 해볼 기회가 많았다.

　이 호텔의 수석 셰프인 다니엘 세라 *Daniele Sera*는 나에게 기대하는 바가 많다고 했다. 나는 주방에서 김치도 만들어보고 갈비찜·김밥·냉면·떡갈비 등 한식 메뉴 이것저것을 만들어 내보였다. 다니엘이 맛보더니 약간의 짠맛과 매운맛을 줄이고 '오늘의 스페셜 메뉴'로 올리자고 했다. 그렇게 한식은 토스카나의 고급 부티크 호텔에서 전 세계인의 입으로 들어갔다. 김밥은 채식주의자와 비건들을 위한 특식으로 변형되어 정식 메뉴에 등재되기도 했다. 독일이나 미국에서 온 손님들은 이탈리안 요리만 먹다가 제3국의 음식도 같이 먹을 수 있다고 다들 좋아했다. 그리고 같이 일하던 동료들도 서로 시식해보고 싶다며 패밀리밀(근처에 다른 식당이 없다 보니 직원들은 모두 호텔에서 마련한 식사를 먹어야만 한다)로 준비해줄 수 있냐며 몇 번이고 물어보았다.

11 패밀리밀로
   준비한 김밥
12 리구리아산 오일

다니엘은 리구리아 *Liguria*주 출신이었다. 그래서인지 리구리아 올리브오일과 올리브 절임을 적재적소에 써서 또 다른 맛을 만들어냈다. 리구리아의 식재료들은 토스카나에서 쉽게 구할 수 있는 물건이 아니었기에, 이탈리아 전역의 식재료를 도매하는 마우로 *Mauro* 가 토스카나의 물건부터 풀리아 *Puglia* 의 부라타치즈 *Burrata di Bufala*까지 다 구해주었다. 리구리아는 반도 북서부 해안 지역이며, 풀리아는 반도 끝자락으로 아드리아해를 끼고 알바니아를 마주하고 있다. 벨몬드 호텔에서 일하며 만난 마우로는 나의 다음 일터인 로즈우드 호텔 *Rosewood hotel, Castiglion del Bosco*과 연결해준 고마운 친구다.

다니엘과 있으면서 토스카나 식재료 외에 리구리아의 음식을 맛보게 되었다. 그 덕에 이탈리아가 다채로운 미식 문화를 간직한 곳이며, 얼마나 매력적인 곳인지 또 한 번 깨달았다.

　한국인에게 익숙한 포카치아는 리구리아에서 만드는 포카치아와 가장 비슷하다. 다니엘이 만든 포카치아는 공기가 층층이 쌓여 있어 엄청 폭신하고 부드럽다. 거기에 고소한 올리브오일이 발라져 한 입 베어 먹는 순간 "맘마 미아! 이탈리아!"라고 탄성이 절로 외쳐진다. 리구리아산 오일에 절인 올리브 열매·리구리아산 케이퍼·리구리아산 케이퍼 이파리·리구리아산 엔초비 등을 써서 감칠맛을 올린다. 리구리아산 올리브는 해풍을 맞고 자라 토스카나의 올리브와 맛이 조금 다르다. 크기도 토스카나의 올리브보다 작고 과육도 여리다. 그래서 올리브오일도 맛이 더 가볍다. 토스카나의 올리브오일은 성격이 강한 사람이라 존재의 부재가 확연히 티 나고 호불호가 갈린다면, 리구리아의 올리브오일은 여기저기 다 어울릴 수 있고, 대신 없으면 너무 아쉽고 빈자리가 티 나는 사람이라고 할 수 있다. 또한 리구리아의 올리브오일은 향이 강하지는 않지만 은은하며, 부담이 없어 요리의 마무리용으로 쓰기가 좋다. 반면 시에나에서 쉽게 구할 수 있는 토스카나산 올리브오일은 풀 향이 강하고 색도 짙다. 붉은 고기와 먹으면 잘 어우러진다.

　토스카나주에는 드넓은 평야가 있어 올리브가 마음껏 햇살을 받으며 자란다. 반면 리구리아주 올리브 밭은 해변으로 연결되는 절벽 가까이의 좁고 가파른 곳에 많다. 그러니 상대적으로 리구리아산 올리브오일은 구하기 쉽지 않다. 부라타치즈에 엔초비와 케이퍼를 올려 먹는 조합은 토스카나 스타일은 아니었다. 그리고 케이퍼를 생선 요리에 쓰는 것은 알고 있었지만, 직접 써보면서 맛보니 여러 아이디어가 떠올랐다. 모두 흔한 재료지만, 조합을 달리하면 새로운 맛이 된다니, 새삼 깨달았다.

　'이탈리아에 오길 정말 잘한 것 같아!'

12.
나의 친구, 마우로

마우로는 토스카나의 여러 레스토랑과 호텔과 거래를 해왔던 터라 모르는 사람이 없을 만큼 발이 넓었다. 시에나와 피렌체의 소식통이었다. 마우로와 난 처음부터 친한 사이는 아니었다. 벨몬드 호텔에서 몇 번 봤을 때는 인사도 없이 지나치다 다니엘 덕에 통성명하고 인사를 하기는 했지만, 딱히 개인 안부를 묻는 정도는 아니었다.

마우로가 워낙 다양한 식재료를 취급하다 보니 일주일에도 몇 번이나 호텔에 드나들었다. 마우로는 내가 스타지를 하러 온 요리학교 학생이라고 생각했다고 했다. 나중에 다니엘이 스페셜 한식 메뉴 이야기를 해준 후에나 내가 정식으로 일한다는 걸 알게 되었다고 한다. 학교로 금세 돌아갈 사람이 아니라는 것을 알고는 그때부터 나에게 관심을 보였다. 구하기 힘든 리구리아산 식재료들을 납품하니 나도 마우로의 가게에 직접 가보고 싶었다. 그러나 그는 가게에서 자리를 지키고 있지 않았다. 교외 농장에 가서 물건을 가져오고, 배송도 직접 했기 때문이다.

마우로에게는 두 아들이 있는데 큰아들은 사무 업무를 하고, 둘째 아들은 트러플을 채집하러 거의 매일 산에 간다. 나는 마우로의 두 아들과 먼저 안면을 트고 이야기를 나누기 시작했다. 나중에 들어보니 마우로의 아들들도 내가 이탈리아에 잠시 있는 외국인이라 생각하고 별 관심이 없었다고 했다. 좀 더 깊은 이야기를 하다 보니 내가 결혼도 했고, 가족이 시에나에 사는 걸 알게 되면서 다르게 보이기 시작했다고 했다. 수지도 유창하지는 않지만, 이탈리아어를 쓰려는 모습이 그들에게 좋게 비쳤고, 아이 둘 다 이탈리아 학교를 다니며 현지인들과 잘 섞이려는 모습이 좋았다고 했다. 지금은 언제든 안부를 묻고 도움이 필요할 때 서로 연락도 주고받지만, 이런 끈끈한 관계가 되기까지 1년 정도의 시간이 걸렸다.

나는 일이 없는 날이면 어떤 물건이 있는지 공부도 할 겸 마우로의 가게에 가곤 했다. 매번 주문한 물건만 들고 오는 걸 봐서 가게에 그렇게 많은 식재료가 있는지 몰랐다. 마우로가 골라온 치즈는 일반 슈퍼마켓이나 장에서 찾을 수 없는 것들이 많았다. 지금도 내가 가장 좋아하는 치즈 중 하나인 화이트 트러플 브리치즈는 주변 친구들에게 선물로 많이 권했다. 디저트처럼 꿀을 발라 먹으면 일품이며, 특히 와인과 먹을 때 그 풍미가 잘 어울린다. 화이트 트러플 리소토를 만들 때 얇게 저며 올려 먹으면 깊은 풍미가 입안 가득 맴돈다.

어느 날, 마우로가 풀리아주의 부라타치즈를 들고 왔다. 부라타치즈는 모차렐라치즈와 비슷한 프레시치즈의 한 종류로, 얇은 막을 살짝만 건들면 안에 있는 스트라치텔라치즈가 쏟아져 나온다. 이는 모차렐라 커드에 크림을 섞어 우유맛이 더 진하고 고소하며, 텍스처는 조금 더 쫀득하고 찐득하며 실타래 같은 형태다. 이런 식재료들은 소규모 공장에서 만들기 때문에 언제나 수급이 문제다. 운이 좋으면 만나고 아니면 1년에 한 번 마주치기도 힘든 귀한 녀석이다. 물건이 도착하는 대로 예약자가 다 가져가거나, 물건이 들어올 때 때마침 본 사람이 다 사버리면, 맛보는 것조차 힘들다. 그 맛을 본 수지는 "괜히 맛봤어. 다른 건 입에 차지도 않아."라며 한숨을 쉬기도 했다.

마우로는 트러플이 있는 토스카나의 산에 들어갈 수 있는 허가증을 지니고 있다. 그 허가증으로 축구장 열한 개를 합친 면적의 산과 언덕을 다니며 트러플을 채집한다. 그 값진 버섯을 토스카나의 고급 호텔이나 레스토랑에 납품하고, 때에 따라 미국에도 수출한다. 가끔 엄청나게 큰 화이트 트러플을 찾으면 자랑하기 위해 내게 사진을 보낸다. 마우로는 간혹 호텔의 요청이 있을

때는 트러플 채집을 위해 훈련된 개와 함께 산에 오른다. 매번 내게 아이들과 함께 산에 가자고 권하지만, 개인적으로 내가 버섯에 관심이 없어 같이 가지는 않았다. 마우로는 트러플오일을 직접 만들기도 하고, 올리브 열매로 오일도 짜는 재주꾼이다.

"도대체 취급 안 하는 게 뭐예요?"

이렇게 마우로에게 물으면 그는 "너가 원하면 다 구해줄 수 있어! 말만 해."라며 호언장담한다. 키도 크고 덩치도 있는 마우로는 정말 그렇게 해줄 거 같은 믿음이 가는 친구다.

13.

다시 메스톨로

코로나는 여전히 유행이었지만, 벨몬드 호텔은 공식 오픈 기간을 꽉 채우고 겨울 휴식기에 들어갔다. 토스카나의 호텔들은(도시의 호텔 말고) 대부분 11월부터 2~3월까지는 문을 닫는다. 토스카나의 겨울은 우중충하고 습하며 비가 내리고, 해가 오후 네 시면 지기 때문이다. 내년에 만나자고 동료들과 인사하고 나도 휴가에 들어갔다. 하지만 금세 취업 비자를 갱신해야 할 때가 왔다. 이탈리아의 취업 비자는 2년에 한 번 갱신이 필요하다. 취업 비자 발급의 전제 조건은 근무 계약서이기 때문에 겨울에 일을 다시 시작해야만 했다. 호텔들은 근무 여건과 월급에서 분명히 장점은 있지만, 겨울에는 휴식기이기 때문에 계약 기간이 짧다. 그리고 다음 해에 재고용하겠다는 보장도 없으니, 나처럼 비자 연장을 위해 근무 계약서가 꼭 필요한 사람들에게는 장점보다 단점이 컸다.

이탈리아에서 직장을 다니기 위해서는 반드시 취업 비자가 필요하며, 취업 비자는 처음엔 유효기간 1년, 이후 2년마다 두 번의 갱신이 필요하다. 그 후에나 장기 취업 비자 신청 자격이 주어진다. 장기 취업 비자는 유효기간이 10년이기 때문에 근로 계약 기간이나, 근무지 변경이 10년 동안은 자유롭다(비자 유효기간은 개인마다 다를 수 있다). 한마디로 취업 비자로 전환하고 5년 동안 꾸준히 세금을 내고 고용된 상태여야만, 10년짜리 장기 취업 비자를 신청할 자격이 생긴다. 나는 장기 취업 비자를 신청할 자격이 되었고, 발급을 받기 위해서는 고용 종료가 없는 근무 계약서 *contratto a tempo indeterminato*가 필요했다. 호텔은 앞서 이야기했듯, 1년에 석 달 정도 문을 닫기 때문에 고용 종료가 없는 근무 계약서를 써줄 수 없었다. 오직 다니엘에게만 허용된 계약서였다. 어디서 일할지 고민하던 중 내가 처음 일을 시작했던 메스톨로에서 다시 연락이 왔다.

"쏜! 일하고 있어? 잠깐 나 좀 만날 수 있을까? 내일 가게에 올 시간 있어?"

자연스럽게 메스톨로에서 일을 다시 시작하게 되었다. 물론 근무 계약서도 받아서 장기 취업 비자를 문제없이 신청하게 되었다. 이탈리아어도 어느 정도 자신감이 붙었고, 같이 일한 경험도 있으니, 큰 부담감은 없이 메스톨로의 주방으로 향했다. 길지는 않았지만, 다른 곳에서 일을 해봐서인지 나 스스로에게도 자신이 붙었고 동료들과도 더 유연하게 지낼 수 있는듯했다. 그러나 코로나 이후 예전처럼 대규모의 연회나 모임은 확연히 준 듯했다.

14.
로즈우드 호텔로

"쑨! 너에게 딱 맞는 레스토랑이 있어! 다음 주 화요일에 같이 가보자."

마우로 소개로 로즈우드 호텔에 면접을 보러 갔다. 한국에는 없는 브랜드여서 잘 알지 못한 채 대화를 나눴다. 로즈우드 호텔은 많은 룸을 운영하기보다 모든 것을 갖춘 공간(레지던스라고 보면 된다)을 손님에게 제공하기에 그 규모가 우리가 흔히 아는 대형 호텔처럼 보이지 않았다. 하지만 몬탈치노 Montalcino 와 부온콘벤토 Buonconvento 일대를 아우르는 지역에 있는 저택(개인이 소유했던 별장·수영장·토지를 모두 매입해서 로즈우드 스타일에 맞게끔 모두 리모델링했다) 여러 채를 운영하고 있었다. 전체 운영 면적을 따지면 미식축구장 수백 개와 맞먹는다. 여기에는 드넓은 포도밭·와인 양조장·골프장도 있어 토스카나주에서는 굉장히 유명한 호텔 브랜드였다. 사실 현지인들 사이에서는 편하게 갈 수 없는 '넘사벽' 호텔로 정평 나 있었다. 이전 소유자였던 페라가모 가문이 호텔을 팔았다고 이야기를 들었지만, 그게 로즈우드 호텔이 되었다는 사실은 잘 몰랐다.

인터뷰 당일, 시에나에서 차로 40~50분을 운전하니 드디어 호텔에 도착했다. 아직 시즌 오프 때라 어수선했지만, 그 규모는 이루 말할 수 없이 대단했다. 미슐랭 원스타를 받은 레스토랑 Ristorante Campo del Drago에서 수셰프를 찾고 있었다. 셰프 마태오 Matteo와 함께 주방을 둘러보며 레스토랑에서 하는 요리에 대한 설명을 들었다. 주방은 다른 이탈리아 로컬 레스토랑과 달리 몇 배는

컸고, 정리도 잘 되어 있었다. 주방에는 외부 정원과 연결된 문이 하나 있었는데 각종 허브와 채소도 직접 재배하고 있었다. 산 중턱 위에서 바라보는 몬탈치노의 풍경과 저 멀리 보이는 아기자기한 소도시들을 눈에 담으니 딴 세상에 온 듯했다.

나는 자신감이 넘쳤다. 이탈리아어 실력도 늘었고, 이탈리아에서의 경력도 나름 차곡차곡 쌓였으니. 코로나로 인한 3개월의 휴식기를 빼고는 꾸준히 일한 것이 마태오에게 깊은 인상을 남긴 것 같았다. 첫 만남에 계약서까지 쓰고 나는 그의 수셰프로 일하게 되었다. 내가 제일 좋았던 것은 명망 있는 로즈우드 호텔에서 일한다는 것도 있지만, 이탈리아에서 일한 지 6년 만에 처음 주 2일의 고정 휴일이 생긴 것이다. 꿈만 같았다. 그것도 휴일이 매주 바뀌는 것이 아니라 일요일, 월요일로! 정말 감격스러웠다(한국에서는 당연한 주 5일 근무가 이탈리아 주방에서는 여전히 힘들다).

토스카나에서 가장 비싼 호텔이라고 감히 말할 수 있는 곳이라, 주방에는 늘 로컬에서 나고 자란 신선한 재료와 가장 좋은 식재료가 있었다. 마태오는 토스카나 출신으로 허브를 쓰는 것에 거침이 없었고, 자신의 요리에 아주 특별한 향과 맛을 이끌어내는 탁월한 솜씨를 자랑했다. 허브는 잘못 쓰면 쓴맛이 나거나 본 재료의 맛이 다 가려질 수 있다. 진정 그는 토스카나 허브의 요리사였다.

메뉴 중에 호텔 정원에서 채취한 채소로만 만든 채식 메뉴가 있다. 마태오는 계절마다 나오는 허브와 채소 잎을, 적절히 익히고 날것과 섞어서 구성한 메뉴를 내놓곤 했다. 단조롭지 않은 맛과 향을 갖춘 시詩와 같은 요리였다. 그중 민들레 풀로 만든 페스토와 당귀로 만든 페스토는 어디서도 못 들어 본 참신함 그 자체였다.

마태오에게 토스카나의 자연은 무궁무진한 식재료 창고였다. 그는 산에서 채집한 열매나 꽃을 발효시켜 식초를 만들어 드레싱에 썼다. 예를 들어, 이탈리아에서 흔히 볼 수 있는 삼부커스 *Sambucus*(연복초)라는 꽃은 토스카나에서는 종종 튀겨 먹기도 하고, 우려내 차로도 마신다. 하지만 마태오는 이것을 발

15 로즈우드의 바
16 수백 년이 넘은 저택을 개조한 호텔의 모습
17 로즈우드 동료들과 함께. 사진 정중앙 나무 기둥 아래에 내가 보인다

효시켜 초로 만들어 썼다. 토스카나에서 나고 자란 각종 허브로 만든 오일을 생선 요리나 채소 요리 마지막에 뿌리기도 했다.

이탈리아 레스토랑에서는 대부분 고기 발육을 직접 하는 경우가 많다. 나역시 그랬다. 소를 제외한 돼지·양·산비둘기·사슴 등 도축한 고기를 내가 정형하고, 부속물들은 양고기 살시치아 _Salsicia_(일종의 소시지), 사슴 살시치아로 만들기도 했다. 특히 돼지는 안 쓰는 부위가 없을 정도로 다양한 요리에 쓰였다. 돼지 볼과 목으로 이어지는 살을 염장해서 만든 관치알레 _Guanciale_(카르보나라와 아마트리치아나 파스타에 쓰인다), 돼지기름을 염장한 라르도 _Lardo_, 한국의 피순대와 비슷한 부리스토 _Buristo_까지 직접 만들곤 했다. 토스카나에서 육고기를 어떻게 다루는지를 제대로 배우게 된 귀중한 시간이었다.

나의 이탈리아 주방 경험은 로컬 맛집에서 시작해서 파인다이닝 레스토랑으로 이어졌다. 동네 맛집의 주방 기계는 쉴 틈 없이 돌았지만, 늘 파스타 면은 부족했고 체계적인 분업은 전혀 없었다. 거기서는 임기응변을 배우고 내가 가진 재료를 최대한 쓰는 법을 익혔다. 오히려 재료에 온전히 집중할 수 있어서 좋았다. 예를 들어, 생선 요리는 생선을 오븐에 굽거나 토마토와 함께 졸여 익힌 채소와 함께 손님에게 제공되었다.

반면 파인다이닝 레스토랑은 분업화 덕에 나의 일을 확실히 마무리할 수 있고, 여러 사람과의 협업과 소통을 통해 더 완벽한 플레이팅을 내놓을 수 있다. 하지만 구운 생선은 여러 사람이 만든 갖가지 소스와, 다양하게 준비된 채소와 함께 나가다 보니 주요리인 생선이 가려지곤 했다. 물론 같이 서빙된 재료들이 이뤄낸 맛의 조화는 완벽했지만, 개인적으로는 주요리인 생선이 더 부각되면 좋겠다고 생각했다. 다채로운 경험 덕에 나는 좀 더 내가 원하는 요리에 대해 더욱 명확히 알게 되었다.

15.

시에나의 매력

한국에 있을 때부터 이탈리안 요리를 좋아했고, 이탈리아 여행도 여러 차례 했지만, 그런 나에게도 시에나는 생소한 곳이었다. 시에나는 피렌체에서 차를 타고 남쪽으로 1시간 정도 내달려야 있는 작은 도시다. 지금은 소도시지만, 중세에는 르네상스를 꽃피운 피렌체와 견줄 만큼 강력한 도시국가였다. 그러나 흑사병의 창궐과 변화하는 시대 흐름에 뒤쳐지면서 경쟁 도시인 피렌체에 밀리기 시작했고, 그 결과가 바로 지금의 모습이다. 현재를 사는 우리에게 시에나는 중세 당시의 모습을 가장 잘 간직한 도시로 알려져 있다. 피렌체보다 유명하지 않고, 피렌체보다 규모가 크지는 않지만, 시에나의 두오모와 피아자 델 캄포 *Piazza del Campo*는 몇백 년의 역사를 간직한 시에나인들의 자부심이다.

1472년 설립된 세계에서 가장 오래된 은행인 방카 몬테 데이 파스키 디 시에나 *Banca Monte dei Paschi di Siena*는 6백 년 가까이 명성을 이어오면서 작지만 부유한 시에나를 설명해준다. 농업이 주된 산업이었던 시에나에 은행이 처음으로 생긴 까닭은 토지를 담보로 한 금전 거래가 이뤄지면서다. 오랜 역사를 지닌 이 은행은 그러나 2008년 부정부패 스캔들이 터지면서 서서히 추락하기 시작했고, 시에나 경제 전반에 큰 타격을 주게 된다. 이 작은 도시의 축구팀이 이탈리아 프로축구 1부 리그인 '세리에 A'에 속했을 만큼 세계적인 선수들의 몸값을 댈 정도의 재력이 있었지만, 금융 스캔들 이후 축구팀은 '세리에 C'로

강등되었다. 그래도 오랫동안 축적해 둔 부동산, 자산들은 시에나 사람들의 주머니에 아직 남아 있다. 그래서인지 외부 문화를 받아들이고, 다른 도시와 교류하는 것에 큰 갈망이 없었던 모양이다.

우리 가족이 시에나에 정착한 후 처음으로 사귄 친구인 키아라Chiara는 자기 도시에 대해 이렇게 이야기해 주었다.

"성곽 안에는 시에나 사람 외에는 집을 살 수 없다는 암묵적인 규칙이 있었어. 성곽 안에 가게를 하고 사무실을 여는 것도 모두 시에나 사람에게만 허락되었지. 바뀐 건 불과 10~15년, 길어야 20년밖에 되지 않아."

키아라의 말을 여기 살면서 조금씩 체감하게 되었다. 그래서인가 시에나 주변 도시나 피렌체에 가서 이탈리아인들을 만나면 늘 듣는 말이 있다.

"이탈리아어를 잘하는군요. 이탈리아에서 살아요?"

"저는 시에나에 살아요."

"시에나요? 참 예쁜 도시지요, 그런데 거기 사람들은 꽉 막혀 있어요."

키우시Chiusi라는 말은 이탈리아어로 '닫혀 있다'라는 뜻이다. 내가 시에나에서 왔다고 하면 10명 중 9명이 이 단어를 쓰며 시에나를 설명했다. 그리고 나의 경험상 누군가가 나 혹은 아내에게 인사하거나 말을 먼저 건넨다면 시에나 사람들이 아니었다. 그래서 몇 년이 지난 후 새로운 모임이나 새로운 장소에서 누군가가 우리에게 말은 먼저 건넨다면 나는 이렇게 묻는다.

"시에나 출신은 아니시죠?"

"어! 어떻게 아셨어요? 저는 시에나 근처 몬테로니 Monteroni 출신이에요."

"저한테 말씀을 먼저 건네는 분들은 대부분 시에나 사람이 아니더라고요."

쓴웃음까지는 아니지만, 서로 멋쩍은 웃음을 짓곤 했다.

시에나의 성곽 안은 자금력을 갖춘 몬테 데이 파스키 은행 덕분에 중세 모습이 아름답고 깨끗하게 유지되고 있다. 이 은행은 시에나의 모든 스포츠, 행사에 금전적인 지원을 했고, 예술품 복원이나 역사적 가치가 있는 주택과 건물을 사들여서 관리해왔다. 그래서 시에나 사람들은 이 은행을 '시에나의 아빠*Babbo di Siena*'라고 불렀다.

시에나의 성곽 외부 또한 아름다운 자연 풍광이 그대로 유지되고 있다. 와인 생산지인 키안티는 시에나와 피렌체 사이에 있어, 시간 여유를 가지고 렌터카로 이 지역을 꼭 둘러보는 사람도 꽤 많다. 개인적으로 시에나와 주변 자연을 감상하기 제일 좋은 시기는 늦은 9월에서 10월 말쯤인듯하다. 이쯤이면 포도알이 여물어 수확을 준비하는 시기라 포도밭의 풍성함을 볼 수 있다. 그리고 11월쯤 수확 후 포도잎이 붉게 물드는 것을 이른 아침이나, 해 질 녘에 보고 있으면 내가 영화 속 한 장면에 들어와 있는 듯한 몽환적인 분위기를 느낄 수 있다.

봄인 4~5월쯤에는 시에나에서 아시아노 *Asciano* 로 가는 길에 펼쳐진 보리밭의 풍경이 아름답다. 날씨가 맑을 때도 좋지만, 개인적으로 구름이 낮게 깔린

19 봄의 들판
(Buonconvento 가는 길)

흐린 날을 더 좋아한다. 그런 날이면 구름은 우아한 회색의 캐시미어 스카프를 흩뿌린 듯하고, 청보리밭은 초록색 이불을 펼쳐놓은 것처럼 바람에 일렁인다. 녹음에 눈이 탁 트이고 코끝에 닿는 풀 내음이 정말 싱그러워 어떻게든 상쾌한 이 공기를 조금이라도 더 마실까 하며 나의 폐를 힘껏 열어 들이마신다. 그때 귓가에 울리는 바람 소리는 여태껏 들었던 소음들을 다 씻어내 줄 것만 같이 청명하다.

5~6월쯤에는 피엔자*Pienza*로 가는 길 들판에 핀 붉은 양귀비가 가느다란 꽃대를 세우고 이리저리 흔들리는 모습을 보면 내 마음도 살랑살랑, 간지럽다. 볕은 여름에 가까워져 따뜻하고, 바람은 아직 선선하니 세상 행복은 내가 다 가진듯하다. 그리고 7월에는 몬탈치노로 이어지는 시골길과 지중해 쪽으로 연결된 구불구불한 도롯가에는 샛노란 해바라기가 풍성하게 핀다. 어찌나 키가 큰지, 멀리서 보고는 너무 예뻐서 아내가 몇 번이고 차에서 내려 사진

20 생기 가득한 여름
   (Fortezza Medicea 안에 있는 Siena Jazz school
   외벽의 자스민꽃)
21 가을의 신야
   (Porta San Marco 근처에서 바라본 전경)
22 캄포 광장의 겨울
   (Mercato di Natale, Piazza del Campo, 개장 하루 전)

찍으러 가까이 갔다가 꽃잎 크기에 압도당해서 결국 찍지 못하고 돌아왔다.
이렇듯 계절마다 풍경이 다르고 느껴지는 공기도 다르다.

　서울과 뉴욕에서는 다 느껴보지 못한 감정들을 출근길에 느낄 수 있다
니…. 새삼 시에나에 와 있음을, 그리고 그곳에서 하루를 맞이할 수 있음에 감
사함이 느낀다.

Primi.

시에나의 일상

이탈리아에서의 삶은 자극적인 것이 그다지 많지 않다.
늘 자기가 가진 것에 감사하며 삶을 사는 사람들이 많은 거 같다.
처음 이곳에 왔을 때는 '왜 더 가지려고 하지 않지?'라며 답답해했던 게
사실이다. 조금만 더 홍보하면 더 잘 팔릴 텐데, 조금 더 시야를 넓게
보면 돈도 많이 벌 수 있을 텐데….
그러나 여기 사람들은 지금 가진 것에 더 집중하고 감사하는 삶을 살며
앞선 걱정 보다는 오늘의 순간을 즐겼다.

- 수지

01.
당황스러운 처음

    무더웠던 2017년 여름, 이탈리아어 단어 하나도 모른 채 시작된 나의 이탈리아 생활은 애초 기대했던 길과 너무 다른 방향으로 흘러가고 있었다. 뉴욕이라는 대도시에 살던 나에게는 작은 도시 시에나는 대중교통 체계조차 난관이었다. 버스는 30분 혹은 1시간에 한 번만 오는 것이 황당했고, 그마저도 주말에는 운행 시간이 더 줄어들고 빨리 끝나버렸다. 택시는 늘 전화를 해야 탈 수 있었고(시내나 기차역에는 늘 택시가 서 있지만, 그 외 지역은 전화로 불러야만 했다) 근처 슈퍼마켓이라도 가려면 걸어서 20분은 가야만 했다. 배달 서비스도 없고, 대중교통도 불편하고, 물건을 사고 싶다 한들 다 들고 올 수도 없었다.

    생활 편리성은 둘째치고, 아이 교육도 큰 고민거리였다. 큰아이는 한국에서 태어나 어느 정도 한국말을 익힌 상태였다. 아이가 이탈리아 생활에 적응하기 쉽도록 하루 빨리 이탈리아어를 가르쳐야만 했다. 9월에 학기가 시작하는 이탈리아 학교의 일정을 맞춰야만 했다. 집 근처 동네 유치원처럼 보이는 곳에 가니 야속하게도 '여름방학'이라는 안내 문구만 덩그러니 붙어 있었다. 알고 보니 공립 유치원의 원서 마감은 그해 1월이었으며, 8월인 지금은 입학할 방법이 아무것도 없었다. 남은 선택지는 하나였다. 사립 유치원을 보내는 것이었다. 다행히 집 근처 사립 유치원이 있어 가 봤지만, 이곳 역시 방학이라 문은 굳게 닫혀 있었다. 전화번호가 쓰여 있었지만, 알아듣지 못할 거 같아 전전긍

긍했다. 그렇게 꼬박 한 달을 아이와 집에서 보냈다. 그리고 9월부터 혹시나하는 마음으로 매일 유치원 앞에 갔다. 그렇게 겨우 유치원 선생님을 만나게되었다.

"아들이 3살(만 나이)인데요. 유치원에 다닐 방법이 없을까요?"

문법도 단어도 맞지 않았지만, 큰아이를 데려갔으니 누구라도 이해할 수있는 상황이긴 했다.

"이탈리아어 못하세요?"

"영어는 할 수 있어요. 이탈리아어는 못 해요."

손짓 발짓을 다 해 설명하고, 이탈리아어로 된 큰아이 출생지 신고서와 예방접종 증명서를 보여 주었다. 그 선생님은 일단 알겠으니 연락처를 두고 가라고 했다. 하지만 내 연락처를 두고 간들, 알아들을 수 없을 것 같아 내일 다시 와도 되겠냐면 물었다.

"영어 선생님이 내일 와요. 내일 다시 오면 영어 선생님이랑 이야기하세요."

'영어 선생님이 있다고? 정말 다행이다.'

속으로 쾌재를 불렀다. 다음날 다시 학교를 찾아갔고, 영어 선생님이 우리를기다리고 있었다. 구세주를 만난 기쁜 마음으로 두 손을 붙잡고 연신 반갑다고말했다.

"안녕하세요. 한국에서 왔다고 들었어요. 저는 샌프란시스코에서 왔고, 제아내는 이탈리아 사람이에요. 우리 부부는 근교에 살고 있어요. 미국에 있을때 비빔밥 정말 좋아했어요. 맵지만 정말 맛있더라고요."

환대와 함께 한국 음식을 잘 안다고 하니 한시름이 놓이는 것 같았다. 영어선생님은 마침 정원이 한자리 비어 있다며 입학을 할 수 있다고 했다. 다만 아직 용찬이(큰아이)의 나이가 어리기 때문에 어린이집에 1년 다닌 후, 그다음해에 유치원에 갈 수 있다고 했다. 그리고 교육비는 유치원보다 더 높을 것이라고 했다. 거의 두 배 차이가 났지만, 나에게는 다른 선택이 없어 일단 하기로했다.

그땐 자동차도 없었을 때라, 큰아이는 유모차에 앉히고 둘째를 아기 띠에

싸맨 채 땀을 뻘뻘 흘리며 유치원을 오갔다. 다행히도 큰아이는 낯선 환경의 어린이집을 간 첫날에도 씩씩하게 한 번도 울지 않았다.

'혹시 이탈리아어를 못해서 구박은 받지 않을까?'

'친구들이 놀리지는 않을까?'

걱정했지만 다행히 그런 일은 없었다. 돌이켜보니 이탈리아인들은 아이들에게는 늘 관대했다.

집 구하기

그렇게 2년이 흐른 뒤, 시에나에서의 삶이 조금은 익숙해졌다(사실 어떻게 보냈는 지 기억이 잘 나지 않을 정도로 정신없이 살았다). 큰아이가 유치원을 잘 다니고 둘째도 어린이집 생활을 시작하며, 나도 이탈리아어 어학원을 다니기 시작했다. 이탈리아는 음식에 대한 열정이 대단한 나라여서 어학원 교과서에서도 음식을 주제로 한 대화나 단어들을 많이 알려준다. 동네 슈퍼마켓이나 식당에 갈 때 아주 유용하게 쓰였다. 이탈리아어를 조금씩 알아듣고 어학원 친구들과 짧은 대화를 시작하면서 본격적으로 이곳 생활에 정착할 마음이 생기기 시작했다.

'시에나에 집을 사면 어떨까?'

외국에 사는 대부분의 사람들이 거주 10년 뒤쯤 후회하는 게 '진작에 집을 사둘걸'이다. 우리 부부에게는 두 아이가 있고, 시에나는 이탈리아에서 가장 살고 싶은 도시 중에 늘 5위 안에 있었고, 키안티 지역의 중심이며, 중세의 풍광을 간직한 유서 깊은 도시라는 장점이 있었다. 뿐만 아니라 한국에 비해 훨씬 저렴한 집값은 집을 안 살 까닭을 없게 만들었다.

우리 부부는 시에나에 집을 산다면, 꼭 중심부에 있어야 한다고 생각했다. 시에나 성벽 안쪽의 첸트로 *Siena Centro*라고 부르는 곳이다.

시에나를 둘러보면 중세에 멈춰버린 듯한 골목과 풍경이 감탄을 자아낸다. 그러나 그런 오래된 건물에 사는 사람들의 애로사항은 아파트에 사는 한국인의 고민 수준과 차원이 다르다. 엘리베이터는 당연히 없으며, 층고도 높고, 층계 단수도 엄청 많은 곳이 일반적이다. 수압과 배수는 어떠한가. 늘 점검해야 한다. 몇백 년을 버틴 건물 배관이지만 항상 불안하다. 집에 따라 천장에 나무 지지대가 아직 남아 있는 집도 많다. 나무를 갉아 먹는 개미도 항상 신경 써야 하고, 개미들이 나무에 집을 짓지 않도록 칠도 하고 왁스를 발라 관리해 줘야 한다. 주차는 언제나 운에 맡겨야 한다. 주차장을 따로 구입할 수 있고 혹은 시청에 돈을 내고 주차증을 살 수는 있지만, 주차 자리는 차주가 찾아야 한다.

그럼에도 첸트로에 있는 건물들의 집 안 천장에는 프레스코화가 있으며 (경우에 따라 없는 집도 당연히 있다), 두께가 엄청난 돌들로 만들어 여름에는 시원하고 겨울에는 따뜻하다. 이제 더는 찾기 힘든 다양한 색상의 고급 대리석으로 바닥 마감이 되어 있다. 층간 소음은 당연히 없다. 물론 집들은 관리 상태에 따라 가격이 천차만별이다. 첸트로에 있고 관리가 잘된 적정한 가격의 집은 가족이나 지인끼리만 거래가 이뤄져 나 같은 이방인에게는 매물을 잘 보여 주지도 않았다.

"안녕하세요. 이 집 볼 수 있나요?"

미리 인터넷에서 본 집을 핸드폰에 띄워서 부동산 업자에게 보여 주며 물었다.

"아…. 매물이 있긴 있어요."

그리고 무엇이라 했는데 이탈리아어를 이해할 수가 없었다. 그래서 나는 영어로 말을 건넸지만, 영어가 통할 리 없었다. 부동산 중개인 필립포 *Fillipo* 가 어떻게 의사소통했는지 알 수 없었다. 내 마음에 든 매물은 첸트로와 가까웠고, 신축(30~40년 된 건물은 신식이라고 부른다) 건물에 집수리도 잘 되어 있는 집이었다. 일단 직접 봐야 하니 약속을 잡고 남편과 함께 집을 보러 갔다.

비 내리는 우중충한 겨울이었다. 토스카나의 겨울은 해가 빨리지고, 습하고 우울하다. 아무튼 양해를 구하고 들어간 집은 생각보다 작았지만, 내부는 깨끗하고 주차장도 따로 마련돼 있었다. 방 세 개에 화장실이 세 개였다. 한

화장실은 방보다 더 컸던 거 같다. 집을 사려고 보는 것이 처음이니, 무엇을 어떻게 봐야 할지 몰랐지만 일단 마음에 들었다. 누가 먼저 채 가기 전에 빨리 계약하고 싶었다. 계약서를 쓰고 싶어서 급한 마음에 얼마를 준비하면 되겠냐고 물었더니 필립포가 이야기한다.

"수지, 진정해. 집주인 할머니가 몸이 편찮으셔서 지금 당장 이사를 못 할 거 같다는데 조금 기다려볼래?"

조금만 기다리라는 말에 나는 기다리고 기다렸다. 그리고 일주일 후 필립포에게 연락했다.

"필립포! 연락 왔어?"

"수지, 좀 더 기다려봐야 될 거 같은데. 내가 집주인 동생이랑 알고 있으니까 편찮으신 할머니 말고 그 동생이랑 이야기해볼게."

겨우 알아들은 이탈리아어는 또 기다리라는 이야기였다. 그렇게 바쁜 연말 연초가 지나고 필립포가 연락이 왔다.

"수지, 기다리는 동안 내가 다른 집 보여줄게. 시간 되면 같이 가자. 너무 좋은 매물이라 인터넷에도 없는 거야."

밑져야 본전이라는 생각으로 몇 군데 집을 가봤지만, 모두 내 마음에 들지 않았다.

"필립포, 나 처음 봤던 집을 계약하고 싶어."

돌아오는 길에 '부동산에 집을 내놓고는 팔지 말지 아직도 고민하는 건 무슨 경우지?'라고 혼잣말을 중얼거렸다. 그렇게 3개월이라는 시간이 지나고 돌아온 대답은 "일단 1년 정도 기다렸다가 이야기 다시 하자."였다. 맘마 미아!

계약금까지 준비해서 가겠다는 나를 손사래 치며 천천히 진행하자던 중개인과 집주인은 서두르는 내가 오히려 이상하게 보였나보다. 그렇게 첫 집은 성사가 안 되고, 중개인 필립포와도 기다려보자는 말과 함께 헤어졌다.

다른 집을 찾는 도중 첸트로에 있으면서 주차장도 있고 신축 건물인 매물이 나왔다. 처음 집에 시간을 허무하게 날려버린 탓에 부동산에 바로 전화해서 "제가 이탈리아어를 못하는데, 영어 할 줄 아세요?"라고 물었더니, 아주 유창한 영어로 "Sure! No problem!"이라는 답이 나왔다. 얼마나 위안을 받았는지 모른다. 그렇게 본 집은 아주 마음에 들었다.

드디어 계약의 순간이 다가왔다. 진행 순서는 이러했다. 매수자가 매매 제안서 Proposta를 매도자에게 보낸다. 이때 계약금은 보통 전체 금액의 10퍼센트이지만, 제안서를 작성할 때 다르게 협상해볼 수도 있다. 중도금을 몇 회 나눠 낼 것인지와 중도금의 날짜도 적는다. 이사하고 싶은 날짜도 미리 알려준다. 매도자가 확인하고 흡족하면 거래가 시작되고, 조건이 안 맞을 땐 이 제안서만도 몇 번을 다시 고쳐 써서 보내야 한다. 양측이 다 합의할 때까지 오랜 시간이 걸린다. 나는 집값을 한 번 낮추어 제안서를 썼다가 거

23 그렇게 매매한 집은
또 기약 없이 수리에
들어갔다

절당해서 두 번째 제안서에는 원래 가격대로 합의했다. 중도금도 제시간에 보내고 노타이오 *Notaio* (굳이 번역하자면 공증인)가 집 관련 서류를 검사하고 집문서에 서명하면 소유권 이전이 완료된다. 노타이오는 모든 매매에서 발생하는 서류를 검토하고 공증해 주는 사람으로, 그의 서명과 직인은 법적 효력이 있다. 노타이오는 한 마디로 정부의 권한을 위임받은 공무원과 같다. 매수자·매도자·부동산 중개인·노타이오까지 거래 과정이 꽤 복잡한 구조. 언어 문제로 인한 불이익이 있을 수 있으니 번역가도 필요했다. 이탈리아 정부의 인증을 받은 한국어 번역자를 시에나에서 찾는 것은 거의 불가능했다. 영어 번역가를 찾아 다 같이 노타이오 사무실에서 만났다.

"한국인이 시에나에서 집을 사는 경우가 처음이라 관련 협약을 다시 알아봐야 하니 약속을 다시 잡읍시다."

첫 만남에 들은 소리였다. 너무 황당하지 않은가. 마지막 중도금만 남겨진 상황이었는데, '집을 못 살 수도 있다'라는 이야기를 들으니 정말 당황스러웠다. 부동산 중개인은 별일 없을 거라 안심시켰지만, 다시 약속이 잡힐 때까지 가시밭길을 걷는 기분이었다. 거의 한 달 뒤 노타이오가 다른 날짜를 일러주며 "한국인도 이탈리아에서 집을 살 수 있다고 확인했어."라고 말했다. 살얼음판을 걷는 기분을 우리 가족은 7개월 동안 느꼈다. 길고 고된 기다림 끝에 우리는 드디어 집 열쇠를 손에 쥘 수 있었다.

03.
특별 대우도, 푸대접도 없어요

한국에서 친구나 가족들과 밥을 먹으러 가면 큰아이를 포함해 3인 혹은 5인으로 식당에 가곤 했다. 그러면 아이의 자리는 늘 사각형 테이블 중 통로 자리였다. 유아용 좌석에 앉혀야 하기 때문이다. 어른들은 얼굴을 마주 보는 직사각형 테이블의 긴 면에 앉고, 아이는 테이블의 짧은 면에 혼자 앉곤 했다. 그 자리는 보통 음식이 서빙되는 자리니 위험하기도 했고, 심지어 통로 쪽이면 많은 사람이 오가면서 부딪힐 수 있었다. 아이가 있다고 넓은 테이블을 주는 일도 그리 많지 않았다. 웨이터들은 유리 식기를 재빨리 치우고, 플라스틱 컵과 수저, 그릇들을 세팅했다.

나는 이탈리아에 오기 전만 해도 플라스틱 사용에 관대했다. 오히려 플라스틱이 깨지지 않으니 쓰기 좋다고만 생각했다. 플라스틱 그릇에 아이 국과 밥을 넣어 주고, 플라스틱 컵에 음료를 담고, 플라스틱 빨대를 꽂아주곤 했다.

그러나 웬걸. 이탈리아에 오니 플라스틱 식기를 거의 찾아볼 수 없었다. 큰아이가 이유식을 하니 플라스틱이나 깨지지 않는 그릇을 찾았다. 유아용품 매장에 가면 플라스틱 식기들이 있기는 했지만, 누가 봐도 후미진 구석에 먼지가 쌓인 채 있었다. 내가 그걸 집어 들면 '내가 너무 나쁜 엄마인가?' 할 정도의 상태였다. 플라스틱은 두고 다른 식기류를 찾았는데, 도자기 형태거나 유리로 만든 것들이었다. 하는 수 없이 제일 두꺼워 보이는 작은 유리 볼을 사왔다.

처음 이탈리아에 왔을 때는 친구도 아는 사람도 없어서 이탈리아 아기들은 어디에 음식을 놓고 먹는지 궁금할 정도였다. 놀이터에서 간식을 싸 와서 먹는 엄마들을 유심히 보면 유리병이나 학창시절에 싸 들고 다니던 보온 도시락통을 이용하고 있었다. 물도 보온병에 고이 담아 들고 다녔다. 빨대는 어른들이 칵테일을 섞을 때 정도만 쓰였다. 빨대를 쓰는 아이들은 거의 못 봤다.

남편 생일 겸 이탈리아살이 1년을 맞은 날, 우리 가족은 만토바*Mantova*라는 아름다운 소도시에 있는 미슐랭 쓰리스타 레스토랑을 가기로 했다. 남편은 이미 한 번 다녀온 곳이었는데 꼭 우리와도 가보고 싶다고 말하던 곳이었다. 그리고 도시가 작지만 아기자기해서 식사도 하고 골목 구경을 하기로 했다.

리스토란테 달 페스카토레 산티니 *Ristorante Dal Pescatore Santini*라는 식당이었다. 뉴욕의 미슐랭 레스토랑에서는 아이들을 받아주지 않는 일도 많았고 드레스 코드가 따로 있어서, 이번에도 예약하면서 주의 사항을 물어봤다.

"안녕하세요. 다음 주 금요일에 저녁 8시에 어른 두 명, 아이 두 명인데 예약 가능할까요?"

"잠시만요. 총 네 분이시고, 저녁 8시에 자리 있습니다."

"아니요, 어른 넷이 아니고요, 어른 두 명, 아이가 두 명이에요."

"네, 총 네 명요."

아이든 어른이든 사람이 총 네 명 맞는데, 나는 아이 두 명을 어른으로 오해해서 적는 게 우려스러워 아이가 있다는 것을 강조했다.

"네, 아이 둘 오는 거 괜찮습니다. 아무 문제 없어요."

나는 적잖게 놀랐다.

"혹시 드레스 코드가 있나요?"

"딱히 없습니다만 지나치게 편한 복장이면 입장이 어려울 수 있습니다."

마음이 한결 가벼우면서 찝찝한 마음도 있었다. 미슐랭 쓰리스타인데, 아이도 괜찮고 복장도 까다롭지 않다? 뭐지? 나 제대로 이해한 거 맞나? 반신

반의하는 마음으로 레스토랑에 들어갔다.

'아이들이 너무 어려서 안 된다 그럼 어쩌지? 아이들이 울면 어쩌지?'

걱정을 잔뜩 하고 들어선 레스토랑에서 직원들은 아이들을 너무 예뻐해 주었다. 먼저 이탈리아어로 인삿말을 건네고, 머뭇거리자 영어로 말을 걸기도 했다. 홀에 있는 모든 손님은 우아했다. 아주 고급 드레스는 아니었지만 격식 있는 복장이나 세련된 비즈니스 캐주얼 차림새였다.

'큰일이다. 아이들이 분명 떠들 텐데 어쩌지?'

눈치가 보였다. 우리가 자리한 테이블은 식당 구석도 아니고 모든 홀이 다 보이는 약간은 단이 높은 위치였다. 근처에는 다행히 우리 테이블만 있었다. 그렇다고 좁다거나 어둡지도 않은 제일 상석 같았다. 이내 웨이터들이 테이블을 세팅하기 시작했다. 와인 잔 두셋에 포크·여러 개의 스푼까지, 나는 재빨리 웨이터를 불러세웠다.

"아이들 테이블 웨어를 플라스틱이나 조금 더 실용적인 것으로 교체해 주시겠어요?"

"아이들을 위한 식기는 따로 없어요. 와인 잔만 치워드릴게요. 나머지는 다 같은 거예요."

물잔이 얇아도 너무 얇아 입에 닿는 감촉도 좋고 손에 착 감겨 누가 봐도 비싼 컵 같았다.

"제발 가서 다른 물잔 찾아봐 주실래요? 아이들이 깰 거 같은데요."

"그렇게 쉽게 깨지지 않아요. 그냥 쓰셔도 됩니다."

결국은 그냥 두고 쓰기로 했다.

이탈리아에서는 레스토랑이나 일반 식당에 가면 제일 먼저 일반 물 혹은 탄산수로 할 것인지를 묻고, 그다음 음식 주문을 받는다. 메뉴를 물을 때도 아이들이 먼저다. 나와 남편이 메뉴를 보는 동안 웨이터가 아이들에게 주문을 받았다.

일반적으로 토마토소스 파스타, 라구소스 파스타 아니면 올리브오일이나 버터에 버무린 파스타가 어린이 기본 메뉴다. 큰아이는 라구소스 파스타

를, 둘째는 크리미한 리소토를 시켰다. 우리도 테이스팅 메뉴 *Degustazione*를 시키고 기다리는 동안 아이들의 음식이 나왔다. 어른들이 쓰는 똑같은 식기에 담겨 나오는 파스타 혹은 리소토는 아이 음식이라고 양이 적지는 않고 어른 양만큼 나온다.

올리브오일을 뿌려줄까? 파르미지아노 치즈를 뿌려줄까? 모든 질문은 먼저 아이에게 향했다. 답이 없으면 엄마의 의사를 묻는다. 아이가 음식을 새하얀 식탁보에 흘려도, 포크로 테이블을 몇 번 두드려도 아무도 쳐다보지 않는다. 아이가 옹알옹알 이야기하고 조금 불편해서 살짝 소리를 내도 누구도 관심을 두지 않았다.

미안한 기색으로 내가 몸을 숙이고 눈인사라도 하려고 주변을 둘러보아도 어느 테이블도 우리를 보지 않았다. 마음이 이상하게 더 편해졌다. 화장실 가는 입구에서 셰프로 보이는 사람도 아이들을 어른 손님 대하듯 격식을 갖춰 대했다.

이런 경험은 특별하지 않았다. 시에나 골목에 있는 동네 식당을 가도 아이들이 떠들고 웃고 운다고 쳐다보고 관심을 주는 사람은 없었다. 아이 울음소리가 시끄럽다고 항의하는 사람도 없고, 어린아이가 왔다고 해서 테이블에 있는 유리그릇을 싹 치우는 웨이터도 없다. 아이가 왔다고 해서 테이블 모퉁이에 앉히는 일은 더더욱 없다.

그렇다고 내 아이가 왔으니 메뉴를 더 까다롭게 시키는 엄마들도 없고, 화장실에 기저귀 갈이대가 없다고 불평하지 않는다. 아이가 먹을 파스타 면이 조금 부족하니 조금 더 달라는 사람도 없다. 여기서는 아이나 어른이나 다 같은 손님이다.

04.
플라스틱과 전자레인지

유럽의 토양에는 석회질이 많아 생수를 늘 사다 먹어야 한다. 주로 근처 슈퍼마켓에서 사 먹곤 했는데, 나만큼이나 물을 많이 사는 사람을 못 봤다. 아이 있는 집도 여섯 개짜리 한 묶음을 사가거나, 한두 통 정도만 조금씩 사다 먹는다. 왜 그럴까?

어느 날, 친구와 함께 슈퍼마켓을 가게 되었다. 토스카나는 보통 주방 싱크대를 보면 물이 나오는 수도꼭지가 두 개다. 하나는 일반 수돗물이고, 하나는 식용이다. 대부분 사람은 식수로 이 물을 마신다. 물론 비용 문제나 물을 매번 사러 다니기가 번거롭다는 이유도 있지만, 가장 큰 이유는 플라스틱에 대한 인식이 나빠서다. 놀라웠다. 만일 수도 시설이 공급해 주는 물을 믿지 못한다면 유리병에 담긴 식수를 배달받아 먹거나, 집 주방에 필터를 달아 한 번 더 정수해 먹는다. 생수를 파는 업체가 다 쓴 유리병을 회수해가니 환경 문제도 덜하다. 부끄러운 일이지만, 플라스틱에 대해 싸고 가볍고 쓰기 편하다는 장점만을 알고 있었지, 환경 호르몬이나 재활용 문제 등은 그다지 깊게 생각하지 않았다.

이탈리아의 가정집에서 전자레인지는 필수 가전이 아니다. 한국에서는 없는 집 찾는 게 더 어렵지만, 주변의 이탈리아인들은 '전자레인지를 왜 쓰는지 모르겠다'라고 반응한다. 이웃들과 대화해보면 전자레인지용 용기는 환경 호르몬을 배출하고, 전자파가 음식의 단백질을 변형시킨다며 안 쓰는 사람도 있다. 그러나 상당수는 어릴 때부터 아예 써보지 않았기 때문에 필요성 자체에 의문을 가지고 있다. 음식을 데울 때 오븐을 쓰거나 가스불을 쓰는 게 기본이기 때문이다.

이탈리아인들은 한국인들처럼 밀키트나 간편식을 선호하지 않는다. 음식은 꼭 불을 이용해서 만들어 먹는 게 몸에 습관처럼 배어 있다.

그래서 나도 아이들의 음식은 직접 데워주거나, 오븐을 쓰려고 한다. 전자 레인지는 의식적으로 사용하지 않으려고 노력한다. 이탈리아에 왔으니 이탈리아법에 따르는 게 당연한 것 아니겠는가?

05.

콘트라다? 저도 자격이 있나요?

이탈리아는 천 년 넘게 수십여 곳의 도시국가로 나뉘어져 있었다. 서너 세기 전만 해도 시에나와 피렌체는 철천지원수였고, 남부 사람들은 북부에 관심이 없었다. 도시국가로 지내온 세월이 유구한 탓에 자기가 태어나고 자란 지역에 대한 자부심은 한국인인 나로서는 이해가 안 될 만큼 강하다.

이탈리아인 친구 중에 남부, 그중 풀리아에서 온 두 친구가 있었다. 그 친구는 좋은 일이든 슬픈 일이든 가족에게 무슨 일이 생기면 차로 아홉 시간을 달려 주말 동안 함께 시간을 보내고 월요일이 되면 시에나의 직장으로 출근했다. 굳이 그 친구들이 아니더라도 고향 가는 일은 이탈리아인들이 늘 만사 제쳐두는 일 중 하나다.

시에나 사람들도 마찬가지인데 유독 더 이웃 간 유대감이 돈독한 것 같다. 콘트라다 덕분에 세밀하고 끈끈한 공동체 의식을 지닌 도시다. 이탈리아는 지방 재정이 부족하여 관리가 잘 안 되는 도시도 더러 있고, 관광객과 불법 이민자 탓에 치안 문제가 심각한 곳도 많다. 그러나 시에나는 거주자인 내가 봐도 늘 청결하고 관리가 잘 된다.

시에나 성벽 안의 중심부, 즉 첸트로는 예로부터 열일곱 개의 콘트라다 *Contrada* 로 구분되어 왔다. 행정적으로는 의미가 없지만, 정서적으로나 문화적으로는 아주 중요하다. 열일곱 개의 콘트라다는 서로 상징하는 동물이나 물건이 다르다. 독수리 *Aquila* · 애벌레 *Bruco* · 달팽이 *Chiocciola* · 부엉이 *Civetta* · 용

25 의 광고만이었다 실내에서
치장하고 조명이 켜지기 전
내 손에의 없다

Drago · 기린 Giraffa · 호저 Istrice · 유니콘 Leocorno · 늑대 Lupa · 산양 Montone · 거위 Oca · 파도 Onda · 표범 Pantera · 조개 Nicchio · 코끼리 Torre · 코뿔소 Selva · 거북이 Tartuca 등이 바로 그 상징이다.

콘트라다의 구획은 정해져 있고, 그 안에는 콘트라다만의 교회·박물관·회의 장소·식사 공간이 따로 마련되어 있다. 콘트라다의 장은 2년마다 선거로 뽑히고, 1년에 한 번 있는 세례식을 통해 콘트라다에 가입할 수 있다. 1년에 두 차례 열리는 말 경주 대회인 팔리오를 통해 콘트라다 간의 결속력을 높인다.

시에나에 도착한 첫 여름, 이탈리아어라고는 '본 조르노' 하나 겨우 아는 나에게 귀에 딱지가 앉을 만큼 많이 들린 단어가 바로 콘트라다와 팔리오다. 팔리오가 열리는 7월 2일과 8월 16일은 모든 관공서가 문을 닫고 가게들도 오전 영업만 한다. 시에나 주민과 관광객 모두 팔리오 경기를 보기 위해 캄포 광장에 모여든다.

일주일 전부터는 시에나 첸트로는 이미 축제다. 콘트라다마다 매일 저녁 파티를 열어 친목을 다지고, 서로 간 기 싸움도 벌인다. 팔리오 전에 콘트라다의 거리 행진이 있는데, 행사 당일을 위한 리허설도 사나흘 전부터 한다. 준비 과정을 보는 것 또한 장관이다. 행진에 참여하는 이들은 모두 중세 스타일로 옷을 입고, 그때 모습을 그대로 재현한다. 결코 흉내만 내는 조약한 느낌이 아니다. 나도 모르는 새 경외감이 들 만큼 대단한 축제다.

7, 8월의 시에나는 40도에 이를 정도로 무덥다. 그런 날씨에 실크·벨벳 소재 옷·철 갑옷·칼·방패·투구를 쓰고 행진한다. 정말 보통의 사명감으로는 할 수 없다. 행진 때 하는 북치기나 깃발 돌리기는 아이들이 몇 년간 준비한 결과다. 방과 후 스포츠 수업이나 공부 시간을 쪼개서 준비한다. 팔리오에서 선보이는 멋진 행진은 이 도시에 대한 문화적 자부심과 공동체 의식의 집약체다.

그것이 끝이 아니다. 다음 세대를 위해 어른이 되어서는 제자를 키워낸다. 콘트라다의 전통을 이으려는 노력과 열정이 얼마나 대단한지 알 수 있다.

애정이 강한 만큼 타인에 대한 선 긋기도 어느정도 있다. 큰아이와 작은 아이가 다니는 학교에는 첸트로 거주자들이 많이 다닌다. 시에나의 아이들은 태어났을 때부터 자기 부모님이 속한 콘트라다의 교회에서 세례받고 그 콘트라다의 일원이 된다. 아이들의 친구들도 모두 콘트라다에 속해 있기 때문에 큰아이와 작은아이도 콘트라다 가입을 늘 하고 싶어 했다.

"나는 늑대 콘트라다야! 그래서 호저 콘트라다랑은 안 놀 거야. 너는 우리의 적이야."

"나는 늑대니까, 너랑 친하게 지낼래. 왜냐면 너는 파도 콘트라다니까."

유치원에서 이렇게 놀다 보니 콘트라다가 없는 아이들은 늘 콘트라다를 갈망했다. 콘트라다가 없다고 따돌림을 받는 것은 아니었지만, 또래 놀이가 중요한 아이들에게는 소속감이 정말 필요했다. 하지만 나는 작은 도시 시에나의 성벽 안에 열일곱 개로 나뉜 더 작은 세계에 우리 아이를 가두게 될까봐 망설였다.

또 다른 이유는 우리는 누가 봐도 이방인인데, 세례를 받고 가입한들 제대로 인정하지 않을 것이라는 경계심도 있었다. 아이들이 겉돌까 괜히 걱정도 되었다. 고민하던 중 작은 아이의 친구 엄마가 우리에게 늑대 콘트라다 가입을 적극적으로 권했다.

마침 우리 가족들은 늑대 콘트라다 구역 안에 살고 있었고, 가벼운 마음으로 와도 된다는 이웃의 말에 용기를 내어 세례식을 구경 갔다. 식사 자리지만, 본격적인 식사에 앞서 아이들은 넓은 잔디밭에서 공놀이와 술래잡기도 하며 시간을 보냈다. 어른들은 간단한 식전주를 즐기며 이웃들과 이런저런 이야기를 나눴다. 그곳에서 백인 이외의 피부색을 지닌 이는 정말 우리 가족뿐이었다. 짙은 피부색을 지닌 아이도 한 명 없었다. 어디를 가더라도 우리 가족이 너무 눈에 띄었다. 하지만 아이들에게는 관대한 나라이니 괜찮을 거란 생각으로, 아이 둘만 가입시켰다. 큰아이와 작은 아이는 2022년 9월에 정식 세례를 받고 늑대 콘트라다의 일원이 되었다.

콘트라다의 계획표를 보니 종교 행사, 팔리오 준비 등의 일정이 꽉 짜여 있었다. 1년이 짧을 만큼 바빠 보였다. 물론 모든 행사에 다 참여해야 하는 것은

아니다. 그래도 우리 가족은 가톨릭 축일마다 웬만한 행사는 빠지지 않으려
고 했다. 콘트라다 사람들끼리 함께 예배도 보고, 식사도 하며 조금씩 이 도
시의 역사를 배워갔다.

어릴 때부터 종교적인 소양과 역사를 자연스럽게 익히게 되는 시에나.
역사를 책으로만 배우기보다 주민들 모두가 함께 역사를 쓰고 있다.

06.
팔리오

2023년 여름을 달군 두 번의 팔리오에 우리 가족이 속한 늑대 콘트라다는 출전하지 못했다. 열일곱 개의 콘트라다 중 경주에 참여한 콘트라다는 열 개 뿐이었다. 이는 미리 정해지는데 출전 횟수를 고려한 후 가장 적게 출전한 콘트라다에 제비뽑기 우선권을 주고, 그 결과에 따라 참여 여부가 결정된다.

소속 콘트라다가 출전하지는 않아도 팔리오는 모두의 축제다. 경기 나흘 전부터 오전과 오후 두 번의 시험 경기를 여는데, 실전과 거의 똑같이 진행되니 미리 구경 가는 사람도 꽤 많다. 열기는 팔리오 당일과 거의 비슷할 정도로 뜨겁다.

팔리오 당일에는 뜨거운 햇볕 아래 오랜 시간을 기다려야 경기를 '직관'할 수 있다. 광장의 가운데는 입석이지만 무료로 팔리오를 볼 수 있다. 그러나 경기 시작 3시간 전부터 통행이 금지되므로 오랜 기다림을 감수해야만 한다. 물론 팔리오의 열기를 가장 뜨겁게 느낄 수 있는 '특석'이다.

앉아 보는 방법도 있긴 하다. 대신 수백 유로에 달하는 입장료를 지불해야 한다. 아무리 비싼 돈을 내도 야외 광장이다 보니 화장실 문제·갈증·허기짐은 감수해야 한다.

늑대 콘트라다인 우리 아이들에게 팔리오 시험 경기를 가까이서 볼 기회가 주어졌다. 시험 경기가 열릴 때는 콘트라다 소속 아이들에게 제일 좋은(본

경기 때는 제일 비싼) 자리를 내어준다. 가격도 저렴하다(본 경기 때의 티켓값에 비하면 아주 합리적이다).

우리 아이들도 늑대 콘트라다 친구들과 함께 행진한 후 광장에 도착했다. 콘트라다끼리는 적대 관계가 있다. 그래서 서로가 목청껏 자신이 응원하는 콘트라다를 외친다. 나흘 내내 진행되는 시험 경기 중에 우리 가족은 두 번밖에 가지 못했다. 아직 이런 행진이 익숙하지 않아서, 늑대 콘트라다 회관에서 걸어서 광장까지 가고 잠시 기다렸다 응원하고 돌아오는 게 여간 힘든 일이 아니었다.

시험 경기지만, 말이 등장하고 사람들이 함께 행진하는 건 팔리오 당일과 같다. 이날부터 시에나의 골목길은 콘트라다 사람들로 꽉 찬다. 말이 지나갈 때는 상대 콘트라다를 향한 존중의 의미로 앞을 가로질러선 안 된다. 반드시 기다려야 한다. 보통 십 분이면 광장

에 도착하지만 이날 만큼은 사십 분 이상 걸린다.

　팔리오는 일반적인 말 경주와 달리 안장 없이 말 등에 기수가 올라탄다. 기수에게 고도의 집중을 요한다. 또 관중들과 경주마 사이의 거리도 굉장히 가까워서 말이 흥분하기 쉽다. 그래서 위험천만하다.

　팔리오 때 달리는 경주마들이 첸트로를 행진할 때 보면 '세상에 이렇게나 아름다운 말이 있다니.'라고 혼잣말을 되뇔 만큼 말들의 모습이 건장하고 우아하다. 자신들의 콘트라다를 상징하는 문양으로 꾸민 말을 앞세우고 그 뒤를 행진하는 사람들이 부르는 노랫말을 들으면 새삼 시에나 사람들의 역사와 전통을 향한 열정에 경외감마저 든다.

낮가림만 4년

이곳에서 한국인으로 살면서 외국인 차별이라는 단어가 떠오른 적은 거의 없다. 시에나대학교와 외국인을 위한 시에나대학교 어학원이 있어도 생각보다 동양인도 유색 인종도 많이 없다. 그래서 오히려 처음에는 걱정을 많이 했다. 아이들이 여기서 차별을 당하고 마음을 다치지 않을까 늘 신경이 곤두서 있었다.

그러나 이탈리아의 할머니와 할아버지들은 아이들에게 늘 따뜻했다. "Complimenti(잘 했어).", "Auguri(축하해)."라는 말을 길거리에서 자주 들었다. 본래는 축하한다는 뜻이지만, 이탈리아에서는 좋은 일, 기쁜 일, 칭찬해 주고 싶을 때 자주 쓰는 긍정적인 표현이다. 그렇게 별다른 미움받을 일 없이 차별 없이 3~4년의 시간을 보냈다.

그런데 신기하게도 먼저 알은척하는 사람이 없었다. 유치원을 들락날락하며 이제 얼굴을 다 알 텐데도 인사하고 지내는 사람은 거의 없었다.

'왜 알은척을 안 해주지?'

속으로 생각했다. 그러다 나도 용기를 내서 먼저 인사말을 건네도 열 명 중 여덟 명은 휙 지나가 버렸다. 며칠을 혼자 열심히 인사했다. 대부분 사람이 그냥 지나쳐버렸고, 그래도 다행히 몇 사람은 들릴 듯 말 듯 작은 목소리로 스치 듯 화답했다.

시간은 또 흘러 큰아이가 초등학교에 들어갔다. 학부모들과 거의 교류가 없었기 때문에 준비물이나 숙제·학교 행사 등에 관해 물어볼 사람이 없었다. 큰아이에게 신신당부했다. 이탈리아어를 이제 곧잘 하니, 학교에서 일어나는 크고 작은 일에 더 신경 써달라고 말이다. 큰아이는 생각보다 많은 것을 알아서 해나갔다. 정말 고마울 따름이었다.

그러던 어느 날, 학기가 시작하고 얼마 지나지 않아 한 아이의 아버지가 나를 먼저 알은척해주었다. 그것도 영어로.

"용찬이 엄마시군요? 저는 크리스티안*Cristian*의 아빠예요. 반가워요."

"먼저 인사해주셔서 감사드립니다. 영어를 잘 하시네요? 반갑습니다."

"저는 독일 사람이에요. 작년 겨울에 서울 다녀왔는데, 너무 춥더라고요. 아무튼 용찬이는 학교생활 잘 하나요? 궁금한 거 있으시면 물어보세요."

사막에서 오아시스를 만난 것 같은 기분이었다. 현대 미술을 전공하는 친누나 덕에 전시회가 열리는 한국에 갔다 왔다는 말과 함께 '서울은 미래 도시 같더라'라는 말을 해주었다.

"한국은 카푸치노가 시에나 파스타값 수준이던데요. 너무 비싸더라고요. 도대체 어떻게 살았어요?"

자기가 한국 커피도 좋아하고, 불판에 직접 구워 먹는 삼겹살 구이를 특히 정말 좋아한다며 한국 이야기로 수다 꽃이 피었다.

"시에나 생활 힘들지요? 여기 사람들 낯을 많이 가리나봐요."

"이렇게 이탈리아어도 잘하고 일도 하고, 와이프도 이탈리아인인데 적응이 힘드셨어요?"

"여기는 특이한 곳이에요. 여기 사람들은 보이지 않는 벽이 있어요. 저도 어려운데 수지 씨는 더 힘들 거예요. 나중에 집사람이랑 함께 봐요."

그렇게 친해진 벤자민*Benjamin*은 나와 남편에게 유일하게 인사해 주는 친구가 되었다.

시간이 흐르니 시에나 이웃들과 더욱 어울릴 기회가 많아졌다. 무엇보다 큰아이가 학교생활을 잘해서 이탈리아인 친구들 몇몇을 데리고 오기도 했다.

2월에는 카니발이 많이 열린다. 카니발은 '가면 무도회'라고 생각했는데, 가톨릭 국가인 이탈리아는 여전히 종교적 의미를 강조했다. 그래도 아이들에게는 '가면 놀이'가 더욱 중요하다.

카니발 기간은 주현절(1월 6일)부터 사순절(매년 2월 중순에서 말경)까지다. 사순절은 부활절 약 40일 전부터 시작되는데, 몸과 마음을 깨끗이 하기 위해 참회·금식·단식하는 때다. 금욕과 절식을 하는 사순절의 하루 전날은 실컷 먹는다는 의미를 지닌 '기름진 화요일'이다. 이날이 즉 카니발의 절정 이벤트라고 볼 수 있다. 이때는 이탈리아 학교들은 대부분 오전 수업만 하고 아이들은 광장에 가서 가면 놀이와 야외 활동을 한다. 한 마디로 즐기고, 노는 날이다.

29 가톨릭 축일에 성당에 모인 아이들

'기름진 화요일'에는 오전 수업만 한다는 것을 알고, 나는 큰아이 친구 몇 명을 집에 초대하기로 했다. 학부모와 교류가 많이 없었던지라, 아이들만 데려가기가 겸연쩍어 엄마들도 초대하기로 했다.

세 명의 아이를 초대했다. 잠깐의 인사만 나눈 후 이탈리아 엄마들은 아이들을 우리 집에 두고 각자의 일터로 돌아갔다. 내가 학교 엄마들과 조금씩 어울리기 시작한 때가 바로 이때였다.

다음 날 엄마들이 듣기 좋은 말을 해주었다.

"정말 고마웠어요. 우리 아들이 즐거웠다고 계속 이야기하더라고요. 먹을 것도 많고 집에서 축구도 했다면서요? 또 가고 싶다고 하네요. 호호호."

나중에 알았지만, 시에나 사람들은 생각보다 해외 경험이 거의 없고, 다른 나라 사람들도 만날 일이 별로 없다. 그래서 시에나 토박이에게 우리 가족은 다가가기 너무 먼 당신이었다고 한다.

나는 시에나 사람들에 대해 어느정도 알게 되었고, 다시금 더욱 용기를 내 먼저 말을 걸기 시작했다. 우선 나의 인사말에 응답을 해줬던 학부모에게 다가가 내 소개를 주절주절 떠들었다.

"안녕하세요. 저는 용찬이 엄마예요. 유일한 동양인이니까 누구의 엄마인지 잘 아시겠죠? 하하하. 우리는 한국에서 왔어요. 북쪽 아니고 남쪽에서 왔어요. 남편은 한국 사람이지만, 이탈리안 요리를 좋아해서 레스토랑에서 일하고 요리를 배우고 있어요. 미국에서 셰프로 오래 일했지만, 진짜 이탈리아가 보고 싶다고 해서 시에나로 오게 되었어요. 용찬이가 친구 한번 꼭 초대하고 싶다고 하는데 토요일이나 학교 마치고 저희 집에서 간식 시간 가지는 거 어떠세요? 아니면 저희 집에 놀러 오세요."

학교를 오가며 만나는 학부모마다 다가가 속사포로 이야기하기 시작했다. 때에 따라 날씨·학교 숙제 등 주제를 바꿔가며 일대일로 대화를 하고 다녔다. 인사말에 무시하고 지나갔던 사람들은 온데간데 없고 모두 친절하고 다정하게 답해주었다. 대부분의 반응은 이랬다.

"이탈리아에 얼마나 계셨어요?"

"이탈리아어를 잘하는군요!"

"용찬이가 학교생활을 잘한다고 들었어요."

큰아이 친구들의 학부모를 시작으로 작은아이 반 친구들의 학부모들에게
도 먼저 다가가니 어느새 학교 대부분의 사람과 통성명한 사이가 되었다. 아
이를 중심으로 한 대화는 세계 어딜가나 '아이스브레이킹'을 해준다.

08.
끈끈한 유대감

    시에나 사람들은 내가 경험한 미국인들과는 굉장히 달랐다. 미국에서 학교도 다니고 일도 했던 나는 뉴욕에서는 눈만 마주쳐도 "What's up?"이라며 인사하고 금방 친구가 되었다. 미국에 와 있는 다른 나라 사람들과도 쉽게 친해졌었다. 하지만 시에나에서는 친해지는 데 시간이 걸렸다. 이곳 사람들은 먼저 관심을 보이기 보다 한참을 관찰하는듯했다. 앞에서 말한 남편과 마우로처럼 말이다. 코로나 시기를 합치면 학부모들과 인사하고 허물없이 이야기하는 데 거의 수 년이 걸렸다. 내가 먼저 다가갔음에도 불구하고, 나에게 관심이 없는 사람은 여전히 데면데면하다.

    시간이 또 흐르고 학부모들을 우리 집으로 초대하면서 친분은 더욱 두터워졌다. 큰아이와 가장 친한 친구 에토레 *Ettore*의 부모는 교환학생으로 미국과 영국에서 잠시 생활한 적이 있었다. 모국어가 아닌 영어를 쓰고 다른 나라에 산다는 게 얼마나 힘든지 안다며 늘 우리를 챙겨주려고 애썼다. 여름방학 휴가도 같이 가자며 말해주고, 맛있는 게 있으면 "우리 셰프님이 꼭 맛봐야 돼!"라며 식당에 데려가기도 했다.

    에토레의 아빠에게 "이탈리아 사람들은 친해지기 너무 힘든 거 같아."라고 했더니 "수지! 미국은 너도나도 다 친구가 될 수 있어. 하지만 그 인사가 다야. 너도 알지? 하지만 이탈리아 사람은 친해지기 힘들어도 한번 친해지면 깊이감이 달라. 우리처럼."

듣고 보니 그런 거 같았다.

시에나 사람들은 가족 간 유대감이 강하다. 집 수리를 도와주었던 클라우디오라는 젊은 남자는 점심은 늘 할머니 집에서 먹으려고 했다. 부모님이 아직 젊으셔서 직장 생활이나 집에서 혼자 식사하는 데 별문제가 없지만, 할머니는 거동도 불편하고 혼자 식사하면 적적할 거라는 이야기였다. 그래서 되도록 할머니와 함께 점심 식사를 한다고 했다. 내심 대단한 청년이라고 생각했다. 돌이켜보니 우리 가족이 시에나에 사는 동안 학부모를 알면 자연스럽게 할머니와 할아버지까지 소개받은 기억이 많았다. 같이 식사하는 일도 많았다. 맞벌이하면서 조부모의 도움을 많이 받는 한국인들처럼 사는 부부도 있지만, 아이들 학교 행사나 생일 때는 조부모가 꼭 참석했다.

부활절, 크리스마스 때는 외국인인 우리 가족을 일부러 초대한 이웃들이 참 많았다. 가족이 몇 없으니 외롭지 않게 다 같이 어울리자는 의미였다. 언젠가는 부활절 점심에 거의 스무 명이 넘는 대가족의 모임에 초대받아 한참을 이야기한 적이 있다. 그날 그 가족이 관리하는 올리브밭도 구경하고 동네 마실도 같이 다녀왔다.

우리 가족에게 마음 써주는 발레리아*Valeria*와 그녀의 부모님 지오바니*Giovanni*와 마라*Mara*에게는 늘 고마운 마음뿐이다. 지오바니는 이비인후과 의사인데, 만나면 자주 한국과의 인연 이야기를 한다. 25년 전쯤 한국 방송국에서 찾아와 자신이 만든 이탈리아 가정식을 배워가는 내용을 촬영했다고 했다. 그럴 때마다 지오바니는 "수지! 우리는 한국이랑 인연이 깊은 거 같아."라며 아주 인자한 미소로 웃곤 한다.

09.
종교 수업

　시에나라는 곳은 애초 나의 인생 계획에 포함된 곳이 아니었다. 이탈리아의 언어·종교·역사 등 모든 이 나라의 문화는 내가 책으로 배운 것이 아니고, 현지에서 살면서 경험하고 받아들인 것이다. 한국에서 나는 딱히 종교를 가진 적도 없었고, 이탈리아 문화나 역사는 '걸어서 세계 속으로'라는 프로그램에서 혹은 학창시절 세계사 수업으로 잠시 들었던 것이 전부였다. 하지만 종교와 역사가 자연스레 깃든 시에나의 삶에 녹아든 우리 아이들을 보면서 가족과 이웃, 공동체에 관해 많은 생각을 하게 되었다.

　시에나에서 유치원이나 초등학교에 입학 원서를 쓰다 보면, 종교 수업을 들을 것인지를 묻는 칸이 있다. 가톨릭이 국교인 이탈리아는 학교 내 종교 수업이 필수는 아니지만, 선택해서 들을 수 있다. 나는 종교에 대한 기호가 크게 없지만, 이탈리아에 살면서 되도록 이탈리아인과 비슷하게 살아가는 것이 좋다고 여겨서 종교 수업 참여에 체크했다. 지금 두 아이는 모두 수녀님이 운영하는 초등학교에 다니고 있어 필수 과목으로 듣고 있다.
　어느 날, 시에나에서 길을 걸어가다 두 남자가 손을 잡고 지나가는 것을 본 큰아이가 이렇게 물었다.
　"엄마! 왜 남자 둘이서 손을 잡고 지나가?"
　"어?"

"엄마, 예수는 남자는 여자랑 사랑해야 한다고 했어. 남자랑 남자는 결혼할 수 없고, 여자도 마찬가지래."

학교 종교 수업에 들었던 내용을 이렇게 일상에서 들으니 적잖은 충격이었다. 그러고 보니 이탈리아는 다른 유럽 국가에 비해 동성애를 바라보는 시선이 달갑지 않다는 이야기를 들은 게 생각났다.

동성애에 대해 아이들이 물어보면 어떻게 대답해줘야 하나…. 늘 고민해오던 문제였는데, 학교 종교 수업을 통해 아이들에게 자연스레 성 관념에 대해 가치관을 가르치고 있었다. 나는 그래도 우리가 모르는 그들의 이야기도 있을 수 있으니 개인 성향을 섣불리 비판하거나 판단해서는 안 된다는 말을 일러줬다.

이탈리아에서 종교는 삶 속 깊이 스며 있다. 어느 도시나 작은 마을을 가더라도 항상 그 중심에는 성당이 있고, '예수', '디오 *Dio* (신)', '디아볼로 *Diavolo* (악마)'의 이야기를 상징하거나 그를 은유하는 그림이 그려져 있다. 가족 나들이를 가서 성당을 가면 자연스레 종교의 의미가 마음속 깊이 새겨진다.

학교 크리스마스 행사 때는 마리아가 예수를 낳는 이야기로 연극을 했다. 이탈리아어도 잘 모르지만, 우리 아이들이 나온다고 하니 온 정신을 집중해서 보게 되었다. 그 후로 교회 벽화나 크리스마스 장식이 예사로 보이지 않는다.

10.
마법의 질문

 이탈리아의 초등학교는 만 6세부터 입학할 수 있다. 이탈리아 학부모들이 초등학생 자녀에게 가장 강조하는 것은 운동이다. 반면 나는 문해력을 가장 우선했다. 말은 곧잘 했지만, 읽고 쓰는 것은 또 다른 차원이라고 생각했기 때문이다. 용찬이가 유치원 마지막 학기를 보내고 있을 때 읽고 쓰는 것을 집에서 가르쳤다. 그래서 초등학교에 들어가기 전에 읽기, 쓰기를 어느 정도 할 수 있게 되었다. 그래도 혹시나 뒤쳐지지 않을까 걱정되어 주변 지인들에게 "용찬이 이탈리아어를 개인 교습을 시킬까 하는데요, 혹시 아는 선생님이 있나요?"라고 물어보면 "이탈리아어 수업요? 왜요? 용찬이 잘한다고 들었어요. 개인 교습은 너무 일러요. 안 해도 돼요."라는 답이 매번 돌아오곤 했다. 그러면서 동시에 "용찬이는 운동 안 해요?"라는 질문이 뒤따랐다. 큰아이를 운동시켜야 한다는 생각은 없었다. 그런데 주변의 이탈리아 학부모들은 아이가 어느 운동을 좋아하는지 알아보기 위해 몇몇 종목을 골라 놓고, 한 번씩 온 가족이 테스트를 하러 다녔다.
 시에나에 와서 아이들에게 운동을 권하기 했다. 유도·수영·체육 교실을 다녀 봤지만, 두 아이 모두 썩 재미있어 하지 않았다. 그래서 차로 한 시간 거리의 피렌체까지 가서 한글 수업을 받기도 했다. 시에나에서는 영어 수업도 받게 했다. 언어 수업은 두 아이 모두 꽤 오래 다녔다. 그렇게 큰아이의 1학년 겨울방학이 끝난 어느 날, 독일인 친구인 벤자민이 물었다.

"용찬이 하키 한 번 시켜볼래요?"

"하키? 아이스하키요?"

"아니요, 롤러스케이트 타는 하키 말이에요."

"엥?"

우선 롤러스케이트를 탄다는 사실이 신기했다. 그리고 그걸 신고 하키도 할 수 있다고?! 사실 처음 알았다.

"부담 갖지 말고 와보세요. 용찬이 같은 반 친구도 있어요. 와서 테스트로 해보고 싶으면 할 수 없는 거죠. 어차피 용찬이는 운동 안 하니까 놀러와서 보기만 해요."

용찬이에게 물어보니 하키에 대해 궁금하다고 해서 가보기로 했다. 하키장에 갔더니 나의 국민학교 시절 추억 속의 롤러스케이트장이었다.

이탈리아의 하키는 기본적으로 롤러스케이트를 잘 타야 하는 운동이다. 거기에 스틱과 공을 다뤄야만 하는 종목이다. 첫날에 어찌나 넘어지는지…. 울 법도 한데, 울지도 않고 개구리 소년 왕눈이마냥 넘어지면 일어나고 넘어지면 일어나서 한 시간을 꽉 채워 연습했다. 그렇게 시작된 하키와의 인연이 만으로 벌써 3년이 되어간다. 그 중간에 테니스도 배우고 싶다는 말에 테니스도 치고, 여름에는 수영도 했다. 축구도 배우고 싶다고 했지만, 도대체 시간이 나지를 않았다. 용찬이에게 하키와 축구 중 하나를 선택하라고 했더니 하키를 골랐다. 하키는 4년째 들어서니 취미가 아니라 본격적인 대회 준비를 하게 되었다.

모두 다 그런 것은 아니지만, 이탈리아에서는 만 6~7세(초등학교 1~2학년) 즈음에 여러 운동을 두루두루 해본다. 훈련도 보통 일주일에 두 번 정도 한다. 그러다 학년이 올라가면 집중해 하는 운동이 정해지는 편이다. 훈련 횟수와 강도도 세진다. 일주일에 서너 번 정도를 하며, 한 번의 훈련 시간이 한 시간 반에서 두 시간 정도를 한다. 보통 한 달에 두 번 정도의 경기를 뛴다.

용찬이는 일주일에 세 번의 하키 훈련을 받았다. 매주 일요일은 경기가 있다(간혹 없는 때도 있다). 토스카나주 소속 하키팀과 홈경기·원정경기 이렇게 두 번씩 하다 보면 한 달에 두세 번 정도 경기 일정이 나온다. 주 경계를 넘는 원정경기가 있을 때는 두 시간 반이나 차를 타고 가야 한다. 온 가족이 모여 일요일 하루 전부를 하키 원정경기를 위해 모여 출발한다.

어느 원정경기 날, 용찬이의 팀이 18대 0, 16대 1, 20대 0 이런 식으로 몇 번을 연달아 졌다. "오늘 상대 팀 엄청 잘 해서 우리 또 질 거 같아." 용찬이가 먼저 이렇게 말하는 걸 보고는 너무 속상했다.

"해보지도 않았는데 그런 소리 마! 우리 팀은 반드시 잘할 수 있어!"

내가 분위기를 띄워보려고 했지만, 되지 않았다. 그러다 불현듯 한 한국인 지인의 말이 떠올랐다.

"우리 아들 축구팀은 맨날 져. 지는 게 습관 될까 봐 나 축구팀을 옮길까 생각 중이야."

"그런가?"

나도 그 지인의 말처럼 용찬이가 지는 것에 익숙해질까 걱정이 되었다. 이런 고민을 친구 세레나*Serena*에게 이야기했다.

"용찬이 하키팀 자꾸 져서…. 패배에 익숙해지는 것도 걱정이고 하려는 의지도 꺾이면 어떻게 하나 걱정이에요."

"저는 아이가 지는 게 좋은 걸요. 이기기만 하면 노력의 가치를 모르잖아요. 열 번 지고 한두 번 이기는 게 제일 좋은 거예요. 그리고 계속 진다고 용찬이가 하기 싫어해요?"

생각해 보니 자꾸 지지만, 그래도 용찬이는 하키를 좋아했다.

"그럼 됐네요. 하고 싶은 거 계속하게 두세요."

이기고 지는 게 중요하지 않았다. 용찬이는 그냥 하키를 좋아한다. 그리고 정말 일고여덟 번의 연패 후 극적인 역전승을 거뒀다. 그날의 기분은 우리 가족 누구도 잊지 못할 것이다. 세레나의 말이 맞았다. 그 한 번의 승리로 용찬이는 훈련을 더 열심히 하고 감독님의 전술을 신뢰하기 시작했다. 무엇보다 용찬이는 값지고 고된 승리의 기쁨을 몸소 느꼈다.

한국에서는 고학년으로 올라갈수록 아이들의 운동 시간이 줄어들고, 배우던 운동도 그만두게 된다고 들었다. 하지만 이탈리아에서는 반대다. 학년이 올라갈수록 운동 강도는 높아지고, 더 많은 시간을 할애한다. 사실 나는 그게 불만이었다.

그러나 아이는 커가면서 체력이 나날이 좋아졌고, 민첩해졌다. 신체적 자신감도 생겼고, 매주 새로운 팀과 경기해서 그런지 처음 보는 또래와 이야기하고 어울리는 것에 대한 거부감도 전혀 없었다. 그렇다고 운동하느라 숙제를 못 끝냈던 적은 거의 없었다. 학교 수업을 지각한 일도 없었다. 성적도 훌륭하다고는 할 수 없지만, 그 일정을 다 소화하고도 이 정도의 성적표를 받아오다니…. 대단하다 할 수 있는 정도였다. 훈련이 밤 아홉 시에 끝나고 아이를 픽업해서 돌아오는 길에 '올해는 기필코 하키 그만두게 만든다'라는 생각이 들지만, 하키와 사랑에 빠진 용찬이를 보면 마음이 사르르 녹는다.

아이들에 관한 고민이 있을 때 여기 시에나 엄마들이 마법같이 쓰는 질문이 있다.

"아이가 좋아해?"

"아이가 행복해?"

이 질문에 "예스."라고 답하면 아이가 하고 싶은 대로 해주는 것이다. 여기서 나는 반문하곤 했다.

"아이가 좋으면 다 하는 거야?"

시에나 엄마들은 이렇게 답한다.

"나쁜 일이 아니라면 아이가 행복하다는 걸로 해."

그래 맞다. 네가 좋으면 나도 좋다.

11. 아모레 미오

이탈리아 출신 방송인 알베르토가 한 방송에서 "이탈리아는 사랑의 나라 예요."라고 했던 적이 있다. 나는 그 말의 의미를 피상적으로 이해했다. 사람들이 연애를 많이 한다는 이야기로 들었다. 그러나 지금, 시에나에서 살면서 이 말을 다시금 되새긴다.

이탈리아 사람들을 보면 정말 사랑이 넘친다. 아이들이 학교를 마치고 문을 나설 때, 선생님들은 보호자가 왔는지 일일이 확인하고 아이를 배웅한다. 이때 부모나 조부모 등 누구든 아이를 만나면 늘 "내 사랑Amore Mio."이라고 부르며 꼭 안아준다. 나는 아직도 그 말이 입에 자연스레 붙지 않아 아이의 이름만 부른다. 그래도 꼭 안아주는 건 이제 자연스럽다.

이탈리아인들은 '아모레'라는 말을 남편과 아이들, 친한 지인에게도 아주 편하게 쓴다. 다른 부모들도 우리 아이들을 보면 '아모레, 학교 어땠어?'라고 안부를 묻는다. 용찬, 나윤이라는 이름을 알고 있지만, 언제나 '아모레'라고 부른다. 아이들에게는 한없이 자상한 모습에 '이탈리아 아이들은 사랑을 참 많이 받고 자라는구나'라고 생각했다.

지난해 여름 우리 가족과 사르데냐Sardegna로 함께 휴가를 다녀온 이탈리아인 가족이 있다. 일주일의 휴가를 마친 후 나를 '아모레'라고 부르더니 그동안 잘 있었냐며 인사해줬었다. '수지'라고 부르다가 '아모레'라고, 단어 하나만

바꿨을 뿐인데, 나 자신도, 상대방도, 서로의 관계도 부드러워진 것 같았다. 가끔 친구네 부부가 말로 언쟁을 하면서도 서로를 '아모레'라고 부르며, 금방 서로의 화가 누그러지는 모습을 봤다. 참 마법 같은 단어 아닌가.

이탈리아에서의 삶은 자극적인 것이 그다지 많지 않다. 늘 자기가 가진 것에 감사하며 삶을 사는 사람들이 많은 거 같다. 처음 이곳에 왔을 때는 '왜 더 가지려고 하지 않지?'라며 답답해했던 게 사실이다. 조금만 더 홍보하면 더 잘 팔릴 텐데, 조금 더 시야를 넓게 보면 돈도 많이 벌 수 있을 텐데…. 그러나 여기 사람들은 지금 가진 것에 더 집중하고 감사하는 삶을 살며, 앞선 걱정보다는 오늘의 순간을 즐겼다.

큰아이의 반 친구 중에 문해력이 좀 더딘 아이가 있었다. 나 같으면 아이를 붙잡고 같이 공부를 하든 개인 교습이라도 시키려고 알아봤을 것이다. 그러나 아이의 부모는 공부 대신 같이 테니스를 다니고, 콘트라다 모임에 자주 참석하며, 아이에게 학업 스트레스는 전혀 주지 않았다. 어느 날, 그 아이의 부모와 이야기할 일이 생겼다. 그 아이 엄마가 먼저 용찬이에게 "우리 아들이 너가 학교생활 잘한다고 하더라. 학교 다니는 거 즐겁지?"라고 물으면서 동시에 나에게 이렇게 이야기했다.

"우리 아들은 집에 오면 학교에서 일어난 일을 하나하나 다 이야기해 줘요. 이야기를 듣다 보면 시간 가는 줄 모르겠어요."

그러더니 한참을 웃었다.

'아…. 글자를 익히는 건 더디지만, 부모에게는 참 상냥하고 사랑스러운 아들이구나. 그리고 엄마는 그것에서 더 많은 행복을 느끼는구나. 내가 너무 나의 시선으로 아이와 부모를 바라보았구나.'

그때 깨달았다. 그 후 나는 그 아이에게 먼저 인사를 건네고 말을 붙였다. 아이의 말을 다 이해하지는 못했지만, 참 살갑고 정이 많은 아이라는 걸 알 수 있었다. 열 가지 중 하나를 못 한다고 혼내는 게 아니라, 잘하는 하나를 늘 칭찬해 주는 부모가 되어야겠다고 다짐했다.

이탈리아의 음식도 딱 그런 모습이다. 주변에서 나는 계절 식재료로 욕심 없이 과하지 않게 만들어 먹고, 억지로 다른 지역의 재료나 제철이 아닌 음식을 굳이 찾아 먹을 이유도 없다. 그러다 보니 토스카나 음식은 늘 소박하고 간결했다.

아직도 우리 가족이 시에나라는 곳에 사는 게 신기하지만, 그것을 불평하고, 늘 다른 곳을 동경하기보다는 아름다운 이곳에 와 있음에 더 감사해 한다. 가장으로 열심히 노력하는 남편, 건강히 무럭무럭 자라나는 아이들에게 감사하며 앞으로 이곳을 떠나는 날까지 더 많은 것을 즐기고 행복하게 살아갈 것임을 오늘도 다짐해 본다.

31 봄 튤립 철이 되면 몬테풀치아노에 있는 꽃 농장에서 직접 튤립을 채집해 온다

토스카나의 맛

"흔히 단순하다는 말은 쉽다는 뜻으로 읽히지만,
주방장이 그 말을 할 땐 터득하는 데 한평생이 걸린다는 걸 의미한다."
—『앗 뜨거워』에서

이 말처럼 이탈리안 요리의 완성은 이탈리아 할머니들의 레시피다.
시에나에 살면서 음식에 대한 생각을 다시 하게 되었다.
내가 알고 있었던 이탈리아 음식은 지나치게 과장되었고,
소위 말하는 허세가 가득했다. 시에나의 음식은 정말 제철 채소와
과일, 로컬 식재료 본연의 맛에 충실했다.
억지스럽지 않고, 자연스럽고, 소박하며 푸근한 마음이 담긴
음식이라 하고 싶다. 소금과 올리브오일을 적절히 쓰고
정성이 깃들면 그것이 진정한 이탈리안 요리다.

- 순환

숲의 재료, 허브

토스카나주는 구릉지대로 곳곳에 언덕이 있다. 특히 내가 사는 시에나는 키안티 지역과 브루넬로가 나오는 몬탈치노 *Montalcino* 사이에 있어, 현대식 설비를 갖춘 건물이나 공장은 보기 힘들다. 깨끗한 공기와 푸른 숲이 언제나 지척에 있다. 산과 들이 내어준 각종 허브는 토스카나 음식을 더 건강하고 특별하게 만들어준다.

고대 에트루리아 *Etruria* 시대와 로마 제국을 거쳐 피사·피렌체·시에나 등이 부상한 중세에 이르면서 도시 간 전쟁과 흑사병 창궐 때문에 토스카나 지역에 약 제조술이 발달했다. 해상무역으로 여러 수입품과 의학 정보가 많았던 피사는 각종 약제를 먼저 만들기 시작했다. 그 후 피렌체 메디치 가문이 식물과 씨앗을 약제 혹은 식용 목적으로 전문적으로 키우기 시작했다. 이것이 바로 지아르디노 데이 샘플리치 *Giardino dei Semplici*이다. 시에나는 그보다 조금 늦게 식물학을 체계화했고, 산타 마리아 델라 스칼라 *Santa Maria della Scala* 병원에서 허브들이 재배되며 그 역사가 이어진다. 이렇듯 산에서 자라는 풀과 허브는 약으로, 음식으로 오랫동안 널리 애용되어 왔다.

토스카나 음식과 가장 가까운 허브 트리오라고 하면 로즈메리·세이지·타임 *Timo*을 배놓을 수 없다. 슈퍼마켓에서 살 수 있지만, 보통 가정집 정원에서 길러서 채집해 먹는다. 언제나 준비돼 있는 허브다. 생으로 쓰는 경우는 작게 썰어서 소금, 올리브오일에 버무리고 고기를 마리네이트(한국에서 간장·마

늘·소금·후추를 버무려 양념으로 만들어 재우듯)할 때 많이 쓰인다. 조리된 고기는 다른 양념을 할 필요가 없이 이미 감칠맛과 풍미를 가득 머금었기에 가니쉬처럼 올리브오일을 다시 두르고 간단한 샐러드와 곁들여 먹는다.

　또 다른 요리는 돼지고기로 만든 포르케타*Porchetta*다. 이는 가정에서 만드는 것보다 오스테리아*Osteria*, 알리멘타리 *Alimentari*(반찬가게)에서 주로 판다. 돼지 몸통의 전체 뼈를 제거하고 거기에 허브를 깔고, 손질한 내장을 위에 덮듯이 깔아 김밥처럼 말아 준비한다. 이 고기를 한국의 통닭구이처럼 꼬챙이에 꽂아 숯불에 한참을 익히면 겉은 바삭한 돼지 껍질, 안은 부드러운 고기가된다. 이 포르케타를 얇게 썰어 빵 사이에 넣어 먹는다. 포르케타를 만들 때 엄청난 양의 허브와 소금이 들어간다. 포르케타 파니노는 시에나에서 가장쉽게 먹을 수 있는 샌드위치이다. 우리나라에 알려진 곱창 버거 *Panino con Trippa* 는 피렌체를 대표하는 샌드위치.

토스카나의 대표 허브는 회향 씨 Semi di Finocchio이다. 토스카나에서 만드는 살라미에는 이 회향 씨가 들어간 특별한 제품이 있다. 제품명은 피노키오나 IGP Finocchiona IGP다. 일반적인 살라미와 달리 회향의 향이 기름진 입을 개운하게 만들어준다. 시장에서 살라미를 따로 사는 일이 있다면, 회향 씨가 들어간 살라미인지 아닌지 묻는 일이 종종 있다. 살라미가 아니더라도 회향 씨는 기름진 고기와 함께 맛보면 뒷맛을 깔끔하게 해주는 효과가 있다. 그래서 기름진 살시치아가 들어 있는 음식이 나올 때는 그 위에 살짝 뿌리면 질리지 않게 먹을 수 있다.

33 회향 씨 살라미

허브와 함께한 세월이 길고 깊어서인지 시에나의 가정과 레스토랑들은 저마다의 허브 요리법이 있다. 장이 서는 날이면 나는 리카르도 Ricardo를 만나러 간다. 리카르도는 토스카나주에 있는 작은 마을인 카스텔리나 인 키안티 Castellina in Chianti에서 직접 허브를 기르고, 말리고, 잘라서 가장 어울리는 조합을 만들어내 판매한다.

타임과 마조람 Maggiorana의 조합 혹은 타임과 오레가노 Origano 조합은 모든 요리에 살짝만 뿌리면 본래의 풍미를 더해주는 효과가 있다.

고수 Coriandolo와 작은 고추 Peperoncino · 머스타드 Senape의 조합은 향이 매콤해 약간 커리 같은 향도 나고, 열대 음식의 풍미가 나게 해준다. 고기에 뿌리면 상큼한 향이 코끝에 감돈다.

레몬밤 Melissa과 네피텔라 Nepitella (민트과 허브) · 레몬그라스 Limoncillo의 조합은 돼지고기 요리나 기름기가 많은 파스타 소스와도 잘 어울린다. 향이 묵직한 기름기를 덜어준다.

타임 · 바질 Basilico · 파슬리 Prezzemolo · 알리오네 Aglione di Valdiciana · 차이브 Erba

Cipollina 등은 주로 샐러드에 뿌려 먹는데 천연 감미료 같은 느낌이다. 샤프란도 장에서 볼 수 있는데 쌀 요리 외에는 쓰임이 적어 자주 쓰지는 않는다.

리카르도는 장에 자주 오는 나에게 이렇게 훈수를 둔다.
"너 요리할 때 쓰는 거 아니지? 요리가 완성되면 마지막에 화이트 트러플이나 캐비어처럼 살짝 뿌려 먹는 거야."
처음 쓸 땐 '허브가 그렇게나 큰 맛 차이를 만든다고?'라며 종종 요리에 첨가하는 걸 잊곤 했다. 그러다가 '어! 오늘 왜 맛이 덜하지? 지난번과 좀 다르네'라고 기억을 더듬으면 언제나 허브를 제대로 쓰지 않았다. 비가 내리거나 덥거나 조금만 바람이 불어도 장에 잘 안 나오는 리카르도 탓에 장에서 그를 만나면 얼마나 반가운지 모른다. 그러니 만날 때마다 몇 개씩 쟁여둬야 한다.
내가 좋아하는 허브 소스 중에 살사 베르데 *Salsa Verde*가 있다. 고기 메뉴와 종종 같이 나온다. 토스카나 전통 음식이라고는 할 수 없지만 소의 혀를 익힌 요리나 로스트비프, 고기 수육과 비슷한 볼리토 *Bollito*와 함께 늘 같이 나온다. 이탈리아식 쌈장이라고 보면 된다. 먹는 방법이 다양하지만, 이탈리아에서도 우리가 아는 파슬리·마늘·엔초비 *Acciuga*·케이퍼 *Capperi*를 다져 올리브오일과 함께 섞어 먹는다. 이탈리아에 오기 전 미국에서 먹었던 타코 소스와 색깔이나 맛은 비슷하다.

　토스카나의 식탁에는 소고기 외에 양고기·염소고기·야생 멧돼지 등 향이 강한 육류도 자주 오른다. 거친 육향을 잡기 위해 짙은 향을 지닌 향신료를 많이 쓰는데 팔각 *Anice Stellato*·흑후추 *Pepe Nero*·정향 *Chiodi di Garofano*·육두구 *Noce Moscata*·주니퍼 *Ginepro* 등을 소금과 섞어 조리할 때 뿌린다.

　늦봄과 초여름에는 성벽 길을 걸으면 벽돌과 돌 틈에 비집고 핀 흰색, 연보랏빛 꽃들을 볼 수 있다. 여름 즈음에는 여기서 케이퍼 열매가 열린다. 물을 준 적도 없고, 흙도 없을 것 같은 벽 틈에 꽃을 피운다. 자연이 준 선물이자 훌륭한 식재료다. 토스카나의 길가에는 먹을 게 참 많다.

35 케이퍼를 따는 첫째 아이

하루는 가족들과 반뇨 비뇨니 *Bagno Vignoni*라는 유황 온천으로 유명한 마을을 갔었다. 도시 광장 한가운데에 온천 웅덩이가 있고 그 주변의 돌 틈에 많은 케이퍼가 열려 있었다. 동네 할머니들이 까치발을 들어 웅덩이 안쪽에 있는 케이퍼를 열심히 따고 있었다.

"여기 케이퍼가 더 맛있나요?"

"그럼 당연하지. 물에 유황 성분이 있어서 맛이 더 달고 좀 더 특별해. 우리는 여기 케이퍼를 따다가 소금에 절이기도 하고, 올리브오일에 재워 놓기도 해. 나는 꼭 여기 케이퍼만 써."

"채집도 힘들고 많이 없잖아요."

"그러니 오히려 귀하고 더 맛있지."

할아버지는 봉투를 들고, 할머니는 열매를 따며 조잘조잘 이야기하며 케이퍼를 열심히 모았다.

토마토·살시치아·올리브

 이탈리아 로컬 식당에서 일하면서 내가 배운 것은 투박한 재료에서 소박하고 정감 깊은 음식이 나온다는 것이다. 그 전에 알고 있던 이탈리안 요리들이 얼마나 과장이 된 것인지 재료 본연의 맛에서 너무 멀어졌다는 걸 배우게 되었다.

 사실 처음 이탈리아에 와서 맛본 현지 음식들은 기대 이하라고 생각했다. 이제 생각해 보니 재료 본연의 맛에 충실한 이탈리아의 음식을, 나는 멋도 맛도 없다고 폄훼했던 것이다. 주재료 외에 특별한 재료가 많이 가미되어야 한다고 착각했었다. 재료를 오롯이 이해한다면 복잡한 조리 과정을 거치지 않더라도 얼마든 훌륭한 음식이 나올 수 있는데… 이탈리아의 주방에서 일하면서 나의 음식에 관한 생각도 바뀌었다. 화려함보다 평범함, 1년에 한 번 맛볼까 말까 한 특별함보다 매일 먹어도 질리지 않는 늘 먹을 수 있는 그런 음식 말이다. 재료의 맛을 살려낸 간결하고 소박한 음식을.

 경험으로 체득한 토스카나의 천연 조미료는 토마토다. 토마토는 이탈리아 요리에서 빠질 수 없는 식재료 중 하나다. 이를 적절히 쓰면 감칠맛이 더해지며 때에 따라 단맛, 적절한 신맛까지 낼 수 있는 최고의 조미료다. 메스톨로에서는 육수에 감칠맛을 낼 때 토마토 하나 혹은 두 개를 통째로 넣었다. 단, 토마토가 터지면 맑은 국물을 탁하게 만들므로, 토마토가 터지기 전 건져내야

한다. 맛 차이가 확연한 것은 아니지만, 넣지 않고 끓였을 때와 넣었을 때의
그 차이는 육수 본연의 맛으로 보자면 깊이감이 달랐다.

타원형으로 생긴 방울토마토인 포모도로 다테리노 *Datterino Pomodoro*는 다른
방울토마토에 비해 단맛이 더 강하며 과육은 단단하고 껍질은 얇다. 생으로
먹을 때도 맛있지만, 이것을 반으로 잘라 소금을 살짝 뿌려 짧은 시간 오븐에
구우면 수분이 날아가면서 단맛만 남는다. 이것을 토마토소스 베이스의 파
스타에 넣어주면 토마토의 신맛, 단맛이 더 살아난다. 다테리노 품종 중에서
도 노란색 토마토는 단맛이 더 진해서 빨간색과 적절히 섞으면 맛이 훨씬 좋
아진다.

산 마르자노 *San Marzano*는 이탈리아에서 여러 목적으로 가장 널리 쓰이는
토마토다. 아주 빨갛고 겉모양이 타원형이다. 다테리노와 모양은 비슷하지만,
크기가 일반 토마토 수준이다. 과즙도 많고 육질이 단단해 샐러드나 부르스
케타 *Bruschetta*에 많이 쓰기도 하고, 조리해서 토마토소스나 페이스트를 만들

37 다양한 토마토들

때도 쓴다.

토스카나의 시장에 가면 색깔은 연초록색에서 옅은 붉은색을 띠고 울퉁불퉁한 생김새에 야구공만 한 크기의 토마토가 많이 보인다. 이는 황소의 심장Cuore di Bue이라는 품종이다. 씨는 거의 없고 과육이 단단한 편이라 샐러드로 많이 먹는다. 수제 햄버거에는 이 토마토가 채 썰어져 들어가 있다. 맛보다는 크기나 모양새로 눈길이 간다.

카모네Camone라는 품종은 한국의 대저 토마토처럼 바닷가 근처의 토양에서 자라난 토마토다. 염분기 있는 대지에서 길러져 맛이 독특하고, 색깔도 짙은 초록색과 붉은색이 어우러져 있다. 이 토마토는 대부분 생으로 먹는다. 맛있는 카모네에서는 정말 짠맛·신맛·단맛·감칠맛 등 다양한 맛을 느낄 수 있다. 그러나 어떤 것은 맛이 느껴지지 않는 '무맛'일 때도 있다. 편차가 커서 레스토랑에서는 잘 쓰지 않는 편이다.

살시치아는 돼지고기를 도축하고 남은 부위로 만든 이탈리안 소시지이다. 토마토 못지않게 토스카나의 요리에 많이 쓰이는 천연 조미료다. 고기 요리에 감칠맛을 더할 때 주로 쓴다. 토스카나식 살시치아는 살코기와 기름 부위를 적절히 배합한 것을 기본으로 소금·후추·마늘에 각종 허브를 더해 만들어진다. 만드는 가게마다 요리법이 있어 그 맛이 각양각색이다. 어떤 곳은 토스카나에서 잡힌 멧돼지 고기를 가미한 것도 있고, 토스카나의 대표 향신료인 회향 씨가 들어간 것도 있다. 이를 돼지 창자(얇은 막)에 담아 실로 묶어 소시지 형태로 만들어 내놓는 것이다. 살코기와 기름·소금·허브로 맛을 내다 보니 라구소스를 만들 때 송아지고기·돼지고기 조합에 살시치아를 조금 넣으면 깊은 맛이 자연스레 우러난다. 토스카나식 안티파스티에 빠질 수 없는 닭 간 요리에도, 소의 정강이로 만드는 오소 부코Osso Buco에도 살시치아를 넣는다.

한국에서 올리브는 주로 와인 안주 정도로 여겨지지만, 이탈리안 요리에서는 그 위상이 남다르다. 올리브 열매는 주로 소금물에 절이거나*Olive in Salamoia*, 소금에 절이거나*Olive sotto Sale*, 오일에 절이거나*Olive sott'olio*, 식초와 오일에 절인 타입*Olive con Aceto sott'olio* 등으로 구분된다. 이를 적절히 요리에 가미한다. 요리에 소금을 써야 할 때 올리브 절인 소금물을 쓴다거나, 소금에 절인 올리브를 물에 헹궈 잘게 다져서 쓰기도 한다. 오일에 절인 열매는 볶아 먹는 채소나 생선 요리에 많이 쓴다.

치커리라고 볼 수 있는 에스카롤레*Escarole*는 겨울에 볶아서 먹거나 스프에 많이 쓴다. 이 에스카롤레를 듬성듬성 썰어서 오일에 절인 올리브와 볶아 먹으면 채소의 쌉쌀한 맛과 올리브의 감칠맛이 더해져 향이 좋은 볶음 요리가 완성된다. 여기에 올리브에 절인 멸치*Acciughe sott'olio*를 잘게 다져 넣으면 소금 간을 할 필요가 없다. 멸치에서 진한 감칠맛이 우러나오는 건 덤이다.

내가 좋아하는 토스카나 생선 요리 중 하나로 소금에 절인 대구 바칼라*Baccalà*로 만든 바칼라 리보르네제*Baccalà Livornese*라는 음식이 있다. 소금에 절인 후 살짝 건조된 대구를, 소금기를 빼고 기름에 튀긴 뒤 올리브·케이퍼·토마토와 함께 조리한 조림 음식이다. 모든 천연 조미료를 넣어 만든 요리는 특별한 간을 하지 않더라도 이미 최고의 맛을 낸다.

여기에 내가 추가로 생각하는 천연 조미료로는 앞에 언급한 오일에 절인 멸치*Acciughe sott'olio*, 소금에 절인 멸치*Acciughe sotto Sale* 그리고 케이퍼다. 케이퍼도 오일에 절인*Capperi sott'olio*, 소금에 절인*Capperi sotto Sale*, 식초에 절인 타입*Capperi sotto Aceto*으로 구분된다. 올리브 열매·멸치·케이퍼가 각각 오일·소금·식초에 담겨 숙성되면서 재료 본연의 맛은 지켜주면서 감칠맛도 지니게 해준다. 이는 요리에 더 깊은 풍미를 더해주며 맛의 표현을 더욱 다채롭게 돕는다. 이탈리아에서만 느낄 수 있는 특별한 조미료다.

한국인만큼 마늘에 진심인 민족은 없지만, 이탈리아인들의 마늘 사랑 역시 남다르다. 토스카나의 마늘은 계절로 구분된다. 늦봄과 초여름에 나오는 풋마늘, 여름에 나오는 알리오네 *Aglione di Vadichiana*, 일반 마늘 등으로 나눌 수 있다. 풋마늘은 알이 작고 톡 쏘는 향이 강하다. 작게 썰어 볶아 파스타 혹은 다른 채소와 먹을 수 있다. 하지만 이때 나오는 마늘은 시기가 아주 짧고 운이 좋아 시장에서 아주 신선한 마늘은 만난다면 생으로 갈아서 버터나 올리브 오일에 가니쉬처럼 올려 빵을 찍어 먹기도 한다.

친구 플라미니아 *Flaminia*의 집에서 저녁을 먹는 날이었다. 플라미니아는 그녀의 가족 모두 시에나 토박이기 때문에 무슨 계절에 무엇을 어떻게 먹어야 하는지 로컬 먹거리를 제일 많이 알려준 친구다. 반면 까다로운 성격 탓에 시장에 가서도 하나도 허투루 사지 않는 깐깐한 소비자이기도 하다. 보통 토스카나 요리에는 버터가 쓰이지 않기 때문에 그만큼 맛있는 버터를 찾기 힘들다.

"플라미! 이 버터 뭐야? 무슨 버터가 상큼하고 달콤해!"

플라미는 한쪽 눈썹을 추켜 올리며 말했다.

"그거? 아~ 내가 만든 거야. 맛있지? 지금 아니면 못 먹는 버터야."

아무리 맛을 봐도 일반 버터는 아닌데 어떻게 만들었는지 물어봤다.

"상온에 둔 일반 버터에 갓 뽑은 마늘 한 쪽을 갈아 넣었지."

"진짜? 마늘이 이런 맛을 낸다고?"

"그러니까 갓 수확한 마늘을 꼭 구해야 해. 그게 중요한 거야."

약간의 시큼 상큼함과 단맛이 올라왔다. 플라미니아는 어릴 때부터 시장을 다니면서 어느 가게의 무슨 채소가 맛있는지를 꿰고 있었다. 한 가게에서 모든 식재료를 다 사는 나와 다르게 플라미니아는 여기서는 샐러드 채소, 저기서는 과일 이런 식으로 장을 보곤 했다. 그녀는 매 금요일 시장 입구부터 저 끝까지 하나하나 꼼꼼히 살폈다. 그날 들어온 최상의 상품만 샀다. 일찍 가야 좋은 물건이 많으니 늘 오전 8시쯤 아들 등굣길에 시장에 들러 물건을 고르고, 집으로 돌아가는 길에 싹 챙겨 온다.

하루는 플라미니아가 올리브오일에 간 생마늘을 섞어 주었다. 거기에 토스카나 빵을 찍어 먹어보라고 가르쳐주었다. 올리브오일에 뭘 섞어 먹어본 적이 없어서 좀 의아해했지만, 마늘빵 맛이 났다. 서로의 맛을 존중하면서 이뤄

38 광장 골목에 열린 시장

지는 하모니, 올리브오일의 풀 향과 마늘의 알싸함은 여태까지 느껴보지 못한 맛이었다. 이렇게 내가 먹었던 음식의 맛을 표현하기가 힘들다는 걸 새삼 또 느낀다.

앞서 말한 알리오네 *Aglione*는 토스카나주 발디키아나 *Valdichiana*에서 나는 마늘의 한 종류다. 일반 마늘에 비해 알이 굵고 좀 더 하얗다. 고대 시대부터 약으로 쓰였고, 이제는 토스카나를 대표하는 요리 재료 중 하나다. 일반 마늘과 비슷해 보이지만, 조리를 하면 확연히 다른 것을 알 수 있다.

시에나에서 가장 많이 볼 수 있는 프리미 메뉴로 피치 알리오네 *Pici ll'aglione*가 있다. 조리법은 이렇다. 우선 알리오네를 갈거나, 작게 다져서 올리브오일을 두른 팬에 볶으면 크리미하면서도 단맛이 강한 마늘 소스가 된다. 이때 화이트 와인 혹은 식초를 살짝 뿌리고, 마지막에 토마토소스를 넣고 끓이면 맛있는 토마토 알리오네 소스가 완성된다. 여기에 페페론치노를 살짝 첨가하면 매콤함이 더해져 한국인 입맛에 딱 좋은 피치 알리오네가 된다.

39 알리오네

04.

숲이 준 선물, 버섯

토스카나 숲의 가장 큰 선물이라 하면 여러 종류의 버섯들이다. 가장 많이 먹는 버섯은 포르치니Porcini다. 포르치니는 작고 단단할수록 신선하다. 특히 향은 한국의 송이버섯과 비슷하지만, 은은하기보다 특유의 존재감이 넘친다. 생으로 먹기보다 파스타 소스나 리소토에 곁들여 먹거나 주로 튀김으로 많이 해 먹는다. 버섯은 야생에서 채집하다 보니 로컬 장에 가면 채집자가 직접 팔곤 한다. 가을과 겨울, 비가 많이 온 뒤의 봄에 유독 이탈리아인 친구들이 "버섯 따러 가자."라고 연락한다.

"쏜! 어제 비가 많이 왔으니 버섯 따러 가자. 포르치니가 엄청 많을걸!"

"먹을 수 있는지 어떻게 알아?"

"어릴 때부터 할아버지 따라서 30년 넘게 따왔는데, 당연히 알지! 대신 너… 새벽에 단단히 준비해서 와야 해. 햇볕이 강해지기 전에 다녀오자."

이탈리아 친구들은 운동 삼아, 스트레스를 해소할 겸 취미로 버섯을 캐러 산에 다닌다. 이탈리아의 산에는 생으로 먹는 버섯이 더러 있다. 한국에서는 민달걀버섯Ovulo Fungo이라고 불린다. 얇게 썰어 올리브오일과 소금, 레몬즙으로 버무려 샐러드처럼 먹는다. 레스토랑 메뉴에 항상 있지 않으니 봄에 토스카나에 갈 기회가 있다면 따로 준비된 게 있는지 물어보길 바란다.

내 친구 안드레아Andrea는 옛날부터 내려온 시에나 귀족 가문이다. 시에나

에서 차로 40~50분 떨어진 작은 도시 안쿠아*Anqua* 일대가
전부 안드레아 가문 소유의 땅이다. 마을에 산들도 많고
그 사이에 흐르는 개울도 있어 버섯이 자라기 좋은 조건이
다. 비가 많이 내린 날이면 새벽 6시쯤 만나 포르치니버섯
과 민달걀버섯을 엄청나게 따온다.

　"안드레아! 이 많은 걸 다 뭐 해 먹으려고 해?"

　"피자에 올려 먹으면 얼마나 맛있는데! 화덕에 굽자, 따
라와!"

　그럼 몇십 아니 최소 백 년은 넘어 보이는 오래된 화덕
주변에 떨어진 잔가지들을 모아 불을 피운다. 투박한 손으
로 피자 반죽을 쓱쓱 몇 번 눌러 펴서 토마토소스를 툭 올
리고 막 따온 포르치니버섯을 3~5분 정도 굽는다. 아침부
터 산을 헤집느라 살짝 언 몸은 화덕 앞에서 사르르 녹고,
갓 구워져 나온 버섯 피자의 맛은 어떠한 피제리아에서 먹
은 피자보다도 구수하다.

　민달걀버섯은 샐러드용으로 손질해 식전 음식으로 내

놓는다. 같이 따온 허브도 툭툭 손질해서 넣고 레몬즙을 쭉 짜서 슬슬 버무려 먹으면 아삭함과 쫀득함 사이의 식감이 느껴진다. 향은 포르치니처럼 진하지는 않지만, 새벽 산의 기운만이 간직한 은은함이 있다.

　송로버섯*Tartufo*도 토스카나 숲에서 쉽게 볼 수 있다. 그러나 송로버섯을 캐는 곳은 사유지로 구분되어 있다. 마음대로 출입했다가는 벌금을 내기 십상이다. 그래서 시에나에 산다고 해도 가격 면이나 접근성 측면이나 흔하게 먹을 수 있는 버섯은 아니다. 품질은 시에나의 것도 훌륭하다. 가을, 겨울에 기온이 너무 낮지 않고 비가 많이 오는 기후 덕분인 듯싶다. 상품성이 좋고 크기가 큰 송로버섯이 유독 많아 피에몬테*Piemonte*주 알바*Alba*의 흰송로버섯에 견줄 정도로 유명하다.

05.

오! 프라골라

산에서 야생으로 자라는 과일은 쉽게 구할 수 없지만, 귀한 것일수록 더 값지고 맛있는 법. 그중 백미는 산딸기류 *Frutti di Bosco*다. 산딸기 *Fragolina*, 라즈베리 *Lampone* · 블루베리 *Mirtilli* · 딸기 *Fragola*는 대부분 생으로 먹지만, 잼이나 시럽으로 만들어 장기간 보관하기도 한다. 보통 4월 말에서 7월까지 찾을 수 있다. 그래서 이 시기에 토스카나의 어느 장을 가든 처음에는 프라골리나 *Fragolina*라는 작은 산딸기를 찾는다. 가격이 비싸고 귀한 딸기라 그런지 시에나의 시장에서는 보기 힘들다. 피렌체 시장에 가면 늘 먼저 찾는다. 작은 손바닥만

한 플라스틱 상자에 담긴 산딸기 값만 7~8유로다. 우리 가족은 한 상자만 사서 그 자리에서 다 먹어 치우곤 한다. "하나만 더 사서 먹을까?"라며 손 떨리는 값을 치르고 또 그 자리에서 바로 다 해치운다. 결국 그 행상에 남은 베리를 다 사 먹고 끝을 내야 그 자리를 떠난다.

"귀한 거잖아. 언제 다시 먹을지도 모르는데…."

이렇게 위로를 하곤 한다. 간혹 식당에 가면 디저트 메뉴에 있는 경우도 있다.

이탈리아의 식당들은 일반적으로 후식으로 과일을 내놓는다. 여느 가정집도 다 비슷하다. 이탈리아에 와서 생각보다 자주 만났던 과일은 파인애플이다. 파인애플을 얇게 저며서 먹는 카르파초 파인애플 *Carpaccio di Ananas*이 종종 레스토랑 메뉴에서 보인다. 파인애플에 럼을 뿌려 먹기도 하고, 과육만 먹기도 한다.

누구나 다 아는 맛이지만, 이탈리아의 파인애플은 유독 더 맛있다. 여름에는 선인장 열매 혹은 용과 *Fichi d'india*가 흔히 보이는 대표 과일이다. 한국의 용과와는 모양이 다르다. 토스카나의 바닷가 마을에 가면 돌담 근처에서 선인장이 자생하는 것을 볼 수 있다. 8월이 되면 선인장 열매가 노란색·오렌지색·붉은색으로 알알이 익어 아기자기하게 골목을 수놓는다.

선인장 열매는 수분 함량이 특히 높아 이탈리아 사람들은 여름이면 우리가 수박을 먹듯이 선인장 과육을 먹는다. 그 맛은 키위 혹은 파인애플과 비슷하다. 달지만 먹다 보면 혀가 아린 듯한 기분이 든다. 과육에 석류 같은 작은 씨들이 많이 있어서 먹기가 쉽지 않다. 과육 전체를 먹고 마지막에는 씨를 뱉어내고 과즙을 쭉쭉 짜 먹는다.

06.

시장 이야기

시에나에서의 생활은 모든 게 너무 낯설었다. 내가 해온 타향살이와 시에나살이는 시장에서부터 달랐다. 뉴욕에서 셰프 생활을 할 때 늘 제철 채소, 로컬 푸드에 대한 관심이 있었기에 델 포스토 출근하는 아침이면 유니언 스퀘어 *Union Square*에 무슨 재료가 나오는지 늘 관심 있게 지켜보고, 장도 많이 봤었다. 이곳은 작은 면적의 밭에서 직접 키운 작물이 거래되는 곳으로 생산자와 근처에서 나는 제철 재료를 쓰려는 소비자가 만나는 장이었다. 'Farm to Table'의 아이디어가 현실이 되는 곳이었다.

처음 시에나에 와서도 장이 있다는 이야기를 듣고 로컬 마켓을 가봤었다. 모든 재료를 수확한 그 상태 그대로 손대지 않고 팔았다. 흙 묻은 시금치, 마늘, 달팽이가 스멀스멀 기어다니는 잎채소들, 크기가 제각각인 토마토들, 털이 숭숭 붙은 계란까지.

마늘은 이탈리안 요리에서 빠질 수 없는 식재료다. 그러나 이 또한 늘 흙 묻은 마늘뿐이니 요리를 준비할 때마다 번거롭곤 했다. 마늘을 까고, 씻고, 다지는 과정을 잊고 있다가 막상 쓰려고 하면 아차! 하는 경우가 많았다. 매번 준비하는 게 성가시지만, 음식에 바로 빻아서 넣으니 그 풍미가 생각과 달랐다. 이미 간 마늘을 쓰는 한국 주방의 마늘과 천지 차이였다. 마늘을 조금만 가미해도 풍미가 정말 깊었다.

이탈리아에 오기 전까지 난 늘 예쁘고 흠이 하나도 없는 제품들만 좋아했었다. 마트나 백화점에서 이미 다 손질해 놓은 채소들, 이미 다져놓은 마늘, 재단된 것처럼 늘어선 플라스틱 상자 속 과일들. 반듯한 상자에 담긴 제품들을 보면 더 맛있고 건강할 거로 생각했었다. 하지만 시에나에서는 이 모든 것을 반대로 하고 있었다. 상자에 담긴 과일, 깨끗하게 손질이 된 야채는 찾아보기 힘들다. 물론 슈퍼마켓에 가면 그러한 제품들이 있긴 하지만, 정말 소수다.

토스카나의 시장은 대부분 신선한 식재료만 취급한다. 한국의 오일장이나 재래시장을 가면 음식이 가득하고 어디서나 먹을 걸 찾을 수 있는 모습과 사뭇 다르다.

시에나는 일주일에 두 번의 장이 열린다. 매주 수요일과 금요일이다. 수요장은 잡화·신선 재료·햄이나 치즈 같은

44 흙이 그대로 묻은 채
쌀리는 채소들

가공품, 그릇·각종 철물 등이 거래된다. 이탈리아 전역에서 온 제품들이다. 과일이나 야채는 남부로부터 온 것이 대부분이라 꼭 토스카나 로컬 식재료를 찾는 사람들은 수요장에서 장을 보지 않는다. 이 또한 내가 이해 못 했던 부분이다. 2월 14일 발렌타인데이 즈음이면 슈퍼마켓마다 딸기를 팔기 시작한다. 로맨틱한 이 날에 이탈리아인들은 딸기와 발포성 와인(혹은 스푸만테)을 곁들여 먹는 걸 즐기기 때문이다.

"요즘 딸기 맛있더라. 먹어봤어?"

"쏜! 토스카나 딸기는 4~5월에 나오는데, 너 슈퍼에서 샀구나?"

"아니 수요장에서 산 거야."

"에이, 그럼 남부에서 온 딸기네. 나는 싫어."

대신 금요장은 시에나 로컬에서 오는 제품이다. 잡화는 없고 오직 식재료와 꽃, 식물만 판다. 규모는 훨씬 작지만, 일주일치 장을 보는 사람들로 장터는 아침부터 북적인다. 내가 가는 계란 가게는 준비된 수량이 매번 달라서 어떤 날은 늦게 가도 있지만, 어떤 날은 아침에 가도 다 팔리고 없기도 했다. 그러던 어느 날이었다.

"쏜! 집에 정원 있어?"

"응 크지는 않은데, 정원 있지."

"너 애들도 있잖아. 어린 애들이지?"

"어. 왜, 계란 공짜로 몇 개 더 주게?"

"그건 아니고, 공작새 한 마리를 팔고 있거든. 너 살래? 특별히 싸게 줄게."

더 이상 알을 낳지 않는 공작새를 나에게 팔려고 했다. 살다 살다 공작새 거래는 처음이었다.

작은 정원이 있는 집에 사는 나는, 금요장에 가면 눈여겨보는 곳이 꽃가게다. 꽃집이 아니라 다채로운 식물의 모종과 화분도 판매하는 라우라*Laura*는 나의 꽃 선생님이자 단골 꽃집 주인이다.

늦봄에 장미나무를 보러 갔더니, 라우라가 모양이 들쭉날쭉한 딸기를 팔고 있었다. 딸기나무도 키우던 라우라가 올해 딸기 농사가 잘됐다며 들고나온 것이다. '아직도 딸기가 있나?' 할 것 같은 늦봄과 초여름에 주먹만 한 딸기, 딸기인지 빨간 무인지 헷갈리게 생긴 열매들을 보며 "라우라! 이거 맛있어? 모양이 너무 웃긴데, 딸기 맞아?" 물어보면 아주 당당하게 무심한듯 "자! 먹어봐! 올해는 진짜 달라!"라며 하나를 건넨다. 한입 베어 물었더니 과즙이 입 밖으로 터져나와 흘러내릴 만큼 주욱 흐른다. 식감은 단단하지도 물렁하지도 않아 정말 기분을 좋게 만드는 딸기였다.

"두 바구니밖에 안 남았어? 더 없어?"

"오늘 세 바구니 들고 왔는데, 옆집 채소 가게 아저씨가 하나 사 가고 네가 나머지를 다 사 가는 거야."

이렇듯 금요장에서는 열심히 구경하다 보면 배가 출출하다. 그러나 장터를 샅샅이 둘러봐도 당장 먹을 수 있는 거라고는 유기농 밀가루와 나무 땔감으로 구운 잡곡 빵과 제철 과일을 넣고 구운 비스킷뿐이다.

한국과 또 다른 점은 대형 슈퍼마켓에서는 내가 채소를 직접 골라 담아 저울을 달고 가격표를 받을 수 있지만, 토스카나의 장에서 파는 과일·채소·계란 등 신선 제품은 손으로 고르고 담을 수 없다. 물론 내가 하나하나 고를 수 있는 가게도 있지만, 일단 먼저 주인에게 물어보는 것이 좋다. 보통 가게 주인이 담고 저울을 재고 가격을 알려준다.

장은 보통 오후 한 시면 끝난다. 매일 서는 장도 오후 한 시가 되면 문을 닫는다. 매일 행상을 접고 펴는 게 귀찮지도 않은지…. 아침 여섯 시에서 일곱 시면 늘 같은 자리에서 행상을 펴고 물건을 펼치고, 오후가 되면 아무 일 없다는 듯 사라진다. 좋은 물건을 가지고 싶거나 제철 식재료를 사야 한다면 반드시 부지런히 움직여야 한다.

07.
전주비빔밥은 전주에서만 팔아요

한국, 미국에서 지내면서 내가 먹고 싶었던 음식은 항상 바로 먹을 수 있었다. 사실 어느 나라 음식인지, 어느 지역의 음식인지 생각하지 않고 마음대로 정해 맛볼 수 있었다. 전주비빔밥을 먹기 위해 전주로 가지 않아도 되는 것처럼 말이다. 하지만 이탈리아는 다르다. 한 나라로 통합된 지 이제 겨우 160년이 된 이탈리아는 지역 고유의 음식에 대한 자부심이 아주 강하다.

내가 사는 시에나는 피치 *Pici* 파스타가 유명하다. 시에나산 돼지 *Cinta Senese* 나 멧돼지 *Cinghiale* 로 만든 라구소스와 시에나의 유명한 코끼리 마늘 *Aglione* 과 토마토 소스로 만든 게 제일 유명하다. 이 음식은 시에나의 식당에서만 볼 수 있는 메뉴다.

예를 들면 토스카나주의 해안 도시 리보르노 *Livorno* 의 대표 음식인 카치우코 *Cacciucco* (생선 스프)는 시에나에서는 보기 힘든 음식이다.

델 포스토에서 일할 때 내가 맡은 주된 파트는 생선이었다. 생선을 굽고 찌는 것도 많았지만, 리보르노의 향토 음식인 카치우코를 할 때가 많았다. 각종 고급 해산물과 콘소메 *Consommé* 베이스의 갖가지 고급 해산물이 들어간 요리다. 그때 그 기억을 떠올리며 카치우코를 시에나 식당 메뉴판에서 찾고는 했는데 단 한 곳도 없었다. 리보르노 출신인 시에나대학교 어학원 선생님에게 하루는 이렇게 물었다.

"저는 카치우코가 먹고 싶은데요, 시에나에는 왜 없는 건가요? 어디로 가면 먹을 수 있어요?"

"리보르노로 가야지!"

그랬다. 리보르노 음식은 리보르노에 있다.

학생이었으니 차도 없고, 시에나에서 기차에 몸을 싣고(직행은 없다) 엠폴리 Empoli에서 갈아타고, 세 시간 정도 걸려 리보르노의 한 식당에 드디어 도착했다. 유명한 식당이라고 인터넷에 검색하고 갔는데, 한국의 노포 국밥집 같은 오래된 식당이었다. 내공이 남달라 보이는 외관에 너무 설레는 마음으로 카치우코를 시켰다. 식당 분위기를 보아하니 델 포스토 같이 아주 고급스러운 요리는 아니라고 생각했지만 그래도 어느 정도의 구색을 갖출 거로 생각했다. 하지만 받아본 음식은 너무 실망스러웠다. 빨간색 국그릇에 토마토 스프에 빵을 넣은 게 전부였다. 국물은 아주 걸쭉했고 생선은 이미 다 부스러지고 형체를 알아볼 수 없었다. 크지 않은 새우는 껍질째로 들어가 있었다. 아무리 좋게 생각하려 해도 이건 아니었다. 빵이라도 넣지 않았으면 스프처럼 먹었을 텐데. 빵이 물에 빠져 허우적대고 있었다.

내가 식당 번지수를 잘못 찾았다고 생각하고 저녁은 다른 식당으로 예약

45 카치우코

07.   전주비빔밥은 전주에서만 팔아요

했다. 그러나 저녁에 먹은 카치우코도 별반 다르지 않았다. 카치우코를 먹기 위해 호텔 2박을 예약하고 왔건만, 내 상상과 기대는 다 부서졌다. 다음 날 아침, 바에 가서 커피를 내어주는 주인에게 전날 먹은 카치우코를 설명해 주며 맞는 거냐고 물었다. 바리스타는 선원들이 배에서 지내면서 탄수화물과 단백질을 채우기 위한 간단한 음식이 카치우코라고 했다.

머리가 띵했다. 음식의 역사와 배경을 모르고 접근을 하니 혼자 상상 속에 빠졌던 것이다. 그날부터 요리책을 읽으며 나의 상상을 깨기 시작했다. 그리고 다시 깨달았다. 미국의 이탈리안 레스토랑이 얼마나 과장되고 치장만 가득했는지를.

토스카나 사람들은 오래전부터 농사를 해오며, 소박한 밥상을 추구해 왔다. 한국인들에게 알려진 이탈리아 음식은 볼로냐 *Bologna* 가 있는 에밀리아 로마냐 *Emilia-Romagna* 스타일이거나 혹은 밀라노 *Milano* 가 있는 롬바르디아 *Lombardia* 음식들이다. 피자를 제외하고 익히 알려진 메뉴인 라자냐 *Lasagna* · 라구 *Ragù* · 리소토 *Risotto* · 오쏘부코 *Ossobuco* 그리고 생면 파스타 *Fresh Pasta* 도 역시 북부에서 주로 먹는 파스타. 부유했던 북부는 계란과 버터를 더 많이 넣어 조금 더 기름진 음식이 많았다. 반면 남쪽으로 갈수록 계란은 귀했고, 버터도 흔치 않았다. 그래서 남부는 흔히 아는 건면 파스타가 대부분이다. 중세 시대부터 나폴리 항구로 들어온 곡물 중에 주된 품목은 파스타로 만들기 딱 좋은 경질 소맥이었다. 그때부터 나폴리에는 파스타 기술자들이 모여들었고, 파스타 면 제작이 활발히 이뤄지기 시작했다. 파스타는 공기 유입이 충분히 되고 잘 건조하는 것 또한 중요했는데, 강렬한 지중해의 햇살과 나폴리를 둘러싼 산에서 불어오는 미풍이 최고의 파스타를 제작할 수 있는 배경이 되어준 것이다.

08.
주식으로 먹는 것

    토스카나 식당에 앉으면 처음에 나오는 빵이 있다. 이탈리아에 처음 와서 먹었을 땐 소금 간도 없고, 딱딱하기만 한 빵을 왜 자꾸 주는지 알 수가 없었다. 여기에는 역사적인 배경 설명이 필요하다.

    중세 시대에는 토스카나에 여러 도시국가가 있었다. 피사·피렌체·시에나가 서로 다른 국가로 나뉘어 있을 때 소금은 피사에 아주 중요한 권력이었다. 피사는 시에나와 피렌체에 소금을 볼모로 통행세를 요구했고, 결국 피렌체와 시에나의 제빵사들은 소금을 넣지 않고 빵을 만들기 시작했다. 소금의 짠맛을 대신한 것이 프로슈토·살라미 그리고 페코리노치즈였다.

    빵에 간이 되어 있지 않아 빵을 따로 먹는 것보다, 여름에 먹는 판차넬라 _Panzanella_, 겨울에 먹는 리볼리타, 빵 위에 토마토 샐러드를 올려 먹는 브루스케타, 닭 간을 마늘·엔초비와 볶아서 만든 페가티니 _Fegatini di Pollo_ 와 함께 먹는 방식이 일반적이다. 그리고 딱딱하고 무맛인 빵에 쌉쌀하고 알싸한 토스카나산 올리브오일을 듬뿍 적셔 먹으면 그 어떠한 빵도 비교할 수 없는 맛이 나온다.

    토스카나의 레스토랑들에는 자기만의 안티파스티가 있다. 보통은 앞에 설명한 빵과 프로슈토·살라미·페코리노치즈·브루스케타가 나온다. 집마다 맛이 다르기 때문에 식당에 가면 꼭 시켜야 한다. 한국의 백반집에 가면 메인 음식이 나오기 전 흰쌀밥과 함께 반찬이 나오듯, 토스카나도 소금기가 없는 심심한 빵과 안티파스티가 나온다. 가게마다 다른 자기만의 안티파스티와 빵을 같이 올리브오일에 푸욱 찍어 먹으면 토스카나만의 거칠지만 건강하고 담백한 맛을 느낄 수가 있다.

더운 여름 한국에서는 냉면이나 냉국수 등 찬 음식이 많지만, 아이스 아메리카노조차 없는 이탈리아에 살얼음이 들어간 음식이 있을 리 만무하다. 그러니 무더운 여름에 냉장고에 넣고 두고두고 꺼내 먹을 수 있는 샐러드를 많이 먹는다. 주로 곡식 샐러드 *Insalata di Riso* 혹은 판차렐라 *Panzanella*를 많이 먹는다. 판차렐라는 토마토 샐러드에 오이·양파·셀러리 등을 썰어 넣고 물에 푹 적신 빵을 찢어 넣어 식초와 올리브오일을 버무려 준비한다. 상큼함이 일품이다. 마지막으로 바질을 잔뜩 넣어 향긋함을 더한다.

곡식 샐러드는 잎채소·오이·토마토·올리브·셀러리·적양파를 기본으로 하지만, 탄수화물의 보충을 위해 익힌 쌀이나 파로 *Farro*라는 곡물을 더한다. 단백질은 페타 *Feta*나 모차렐라 *Mozzarella*, 부라타 *Burrata* 치즈를 넣기도 한다. 그리고 취향에 따라 닭고기나 참치, 계란을 더해 먹는다. 한국의 비빔밥과 아주 비슷하지만, 차게 먹는다는 점이 다르다. 여름이면 토스카나 사람들이 점심으로 많이들 즐긴다. 처음엔 찬밥을 채소와 올리브오일에 비벼 먹는다는 게 어색했지만, 35~40도나 되는 여름에 에어컨도 흔치 않은 토스카나에서는 가스 불을 켜고 음식을 해 먹는다는 게 엄두가 나지 않았다. 쌀이나 파로는 전날 저녁에 익혀 두거나, 이미 익혀진 제품을 사서 원하는 채소와 함께 비벼 먹으면 아주 맛있고 간편하다. 파스타는 남으면 불어서 다음날 먹기가 힘들지만, 쌀은 붇지 않으니 만들어 두고두고 먹으면 된다.

46 (위에서부터 반시계 방향으로)
페코리노 치즈와 각종 살라미
폴페타 튀김, 계란과 케이퍼
올리브오일에 버무린 병아리콩과 인살라타 파로, 판차넬라
폴렌타와 프로슈토
프로슈토, 토스카노와 올리브오일에 절인 채소

파네토네와 콜롬바

추석에는 송편을 먹고, 설날에는 떡국을 먹듯 성탄절·부활절 등 이탈리
아인들도 주요 명절마다 먹는 음식이 따로 있다. 성탄절은 이탈리아에서 제
일 큰 명절이다. 온 가족이 모여 식사하고, 심지어 26일도 휴일 *il Giorno di Santo
Stefano*이기 때문에 느긋하고 성대한 식사를 준비한다. 이때 한국의 떡국처럼
꼭 정해진 음식은 없지만, 대부분 고기 육수에 넣은 토르텔리니 *Tortellini*를 먹는
다. 대신 꼭 빠지지 않는 것은 디저트로 먹는 파네토네 *Panettone*다. 빵은 두오모
성당의 돔 모양처럼 생겼다. 빵은 달콤한 브리오쉬를 베이스로 하며 말린 과
일·견과류·초콜릿 등이 들어간다.

부활절에는 양고기를 가장 많이 먹고, 라자냐도 식탁에 자주 오른다. 연휴
에 대가족이 모이다 보니 한번 준비해서 두고두고 먹을 수 있는 음식을 따로
준비한다. 그래서 로스트 비프·로스트 돼지 등심 *Arista di Maiale* 등 오븐으로 구
운 고기와 오븐 파스타인 라자냐 *Pasta al Forno*를 며칠씩 먹기도 한다. 그리고 한
국 연휴 끝에 온갖 전을 다 넣고 찌개를 끓여내듯, 여기도 연휴 막바지에는 모
든 음식을 섞고 치즈를 넣어 오븐에 구워내어 먹기도 한다.

파네토네와 맛은 비슷하지만 생김새가 다른 콜롬바 *Colomba*라는 빵도 먹는
다. 콜롬바는 이탈리아어로 비둘기를 뜻한다. 크리스마스와 부활절 모두 가
족들과 보내는 시간이라 양은 늘 푸짐해야 한다. 이 빵들은 크기가 클수록 발

47 크리스마스에 먹는 5킬로그램에 달하는 파네토네(왼쪽)
콜롬바 위에는 피스타치오, 초콜릿, 견과류와 절인 과일 토핑이 올라간다

효도 잘 되고, 그만큼 숙성이 잘 되어 빵이 더 폭신하고 향이 더 진해진다. 가족들과 다 같이 먹기 때문인지 혹은 크기가 커야 맛있다는 인식 때문인지 보통 1킬로그램을 정량으로 판다. 동네 빵집이나 유명한 셰프들은 기념처럼 5킬로그램짜리 초대형 파네토네 혹은 콜롬바를 만들기도 한다. 보통 1킬로그램에 20~30유로 정도이니, 5킬로그램이면 백 유로는 거뜬히 넘든다. 가족이 많거나, 조금 더 특별한 명절을 보내고 싶다면 이처럼 따로 주문해서 살 수도 있다. 물론 레스토랑에서도 맛볼 수 있다. 식당에서는 보통 생크림Panna Fresca·페이스트리 크림Crema Pasticcera·샨틸리 크림Chantilly Cream과 같이 준비해서 내어준다. 요즘에는 우유나 글루텐이 없는 파네토네·콜롬바도 있다. 종류가 조금씩 더 다양해지는 추세다.

날씨가 좋은 부활절은 가족과 함께 보내는 소풍 같은 명절이다. 주로 봄날이다 보니 가족과 함께 식사하고, 아이들과 계란 모양 초콜릿도 찾고, 계란 모양의 통에 작은 선물을 담고 선물 찾기 놀이도 한다. 참 고맙게도 몇 번의 부활절 때 아이들의 친구 가족들과 시간을 보낸 적이 있다. 넓은 정원에서 볕이 따뜻한 오후에 야외 풀밭에 앉아 아이들과 선물을 찾으며 같이 와인과 음식을 나누는 시간이었다. 토스카나에서만 누릴 수 있는 호사였다.

2023년 12월 31일, 큰아이와 가장 가까운 친구인 에토레 *Ettore*의 집에 저녁 식사를 초대받았다. 저녁 식사라는 말에 우리는 저녁 7시쯤 만나기로 하고 와인 한 병과 에토레와 에토레 여동생의 빨간 팬티를 사서 갔다. 이탈리아인들은 12월 31일 밤에 빨간 속옷을 입고 새해를 맞이하면 복이 온다고 믿는다. 대신 꼭 새로 산 빨간 속옷이어야 한다. 그래서 12월에는 속옷 가게마다 저렴하게 사서 입을 수 있는 빨간색 팬티를 더 많이 진열해 놓는다. 이렇게 12월 말일은 가족보다 가까운 친구들과 시간을 많이 보낸다. 연말에 먹는 안티파스티로는 바게트 빵에 버터를 바르고 훈제연어를 올려 먹는다. 버터도 훈제연어도 평소에 흔하게 먹는 음식은 아니다.

프리미로 라자냐를 먹었고, 세콘디는 로스트 비프와 오븐에 구운 감자를 콘토르노 *Contorno*로 먹었다. 디저트로는 크리스마스 때 받은 파네토네 중에 설탕에 졸인 오렌지 껍질이 들어간 것을 골라 같이 나눠 먹었다.

그리고 가장 중요한 새해 먹거리는 2024년 1월 1일 카운트다운이 끝난 후 시작한다. 같이 샴페인을 마시고, 렌틸콩과 코테키노 *Cotechino*를 먹는다. 코테키노는 생김새와 맛이 살시치아와 비슷하다. 돼지내장·껍데기·살코기와 지방으로 만들며, 대신 소시지처럼 만든다. 클수록 맛있다고 여겨지지만, 한 번에 먹는 양이 적어지다 보니 5백 그램이나 1킬로그램 단위로 포장되어 팔린다. 렌틸콩은 동전, 즉 돈으로 여겨지고, 코테키노는 풍요와 부를 상징한다. 자정이 지나면 먹는다.

이날은 청포도 알도 12개 먹는다. 새해의 행운을 가져다준다고 믿기 때문이다. 이렇게 상징적인 음식을 에토레 가족들과 나눈 후 한국의 윷놀이처럼 새해에 하는 놀이를 했다. 이름은 톰볼라 *Tombola*이고, 복권과 빙고의 개념과 비슷하다. 두뇌 싸움이 아니라 오롯이 운에 맡기는 게임이라 새해의 운을 점쳐보는 것이다.

또 다른 이탈리아의 중요한 연례 행사 중 하나인 카니발 *Carnevale*은 종교적인 의미로 시작되었으나, 이제는 축제의 하나다. 보통 1월 말에서 2월 한달 내내 이탈리아 전역에서 행사가 벌어진다. 그중 제일 유명한 것이 베네치아 가면 축제다. 토스카나에서는 비아레죠*Viareggio*의 행사가 가장 유명하고 규모가 크다.

이 기간에 파는 토스카나 디저트로는 센치*Cenci*와 프리텔레*Frittelle di Riso*가 유명하다. 센치는 기름에 튀긴 얇은 빵이며, 마지막에 분당을 뿌려 먹는다. 토스카나의 프리텔레는 익힌 쌀을 밀가루 반죽에 치대서 튀긴 미니 도넛이고 안에는 페이스트리크림이 들어가 있다. 요즘에는 밀가루로 만든 프리텔레도 많다. 카니발의 종교적 의미를 생각하기보다 미국의 할로윈처럼 어린아이들은 코스튬을 하고 길거리에서 이 두 디저트를 즐기는 것이 더 큰 의미다. 매년 바뀌는 날짜라 정확히 언제가 카니발인지는 몰라도 2월 어느 날 길거리에 맛있는 튀김 냄새가 풍길 때면 '아… 카니발 시즌이구나…' 한다.

센치는 빵집에서나 슈퍼마켓에서 미리 튀겨진 걸 포장된 상태로 사서 먹곤 한다. 그러나 프리텔레만큼은 갓 튀겨 나오는 게 제맛이다. 시에나에서는 즉석에서 튀겨 파는 곳이 세 군데 있다. 그중 캄포 광장에서 맛보는 게 분위기 덕인지 더 맛있게 느껴진다. 예전에는 번호표도 없어서 누가 먼저인지도 알 수 없는 줄을 눈치껏 서서 사 먹었는데 요즘에는 번호표를 뽑아야 할 정도로 인기가 많다. 캄포 광장을 살짝 둘러보다 보면 어느새 차례가 온다. 개당 30센트 정도면 살 수 있다. 보통 20개씩 사 먹는데 먹다 보면 늘 아쉽지만, 번호표를 보면 어느새 사람들이 너무 많아져서 늘 아쉽게 돌아온다.

10.
제철 식재료는 내 사랑

　부끄러운 이야기지만, 나는 당근·호박·양배추 등이 제철 식재료라는 걸 이탈리아에서 처음으로 깨달았다. 당근은 1년 내내 나오는 게 아닌가? 애호박은? 양배추도…. 겨울에 나오는 당근은 시장에 가면 루니툰즈 만화 속 버니가 먹는 당근처럼 늘 푸른 잎사귀가 달린 채 팔린다. 1년 내내 슈퍼마켓에서 보는 당근이랑 색깔도 모양도 약간 다르다. 아주 짙은 주황색이고 단맛이 꽉 찬 진짜 당근이다. 얇게 저민 당근에 제철 과일인 사과를 올리고, 파르미지아노 레지아노를 얇게 썰어 올리브오일을 듬뿍 뿌려 먹으면 단맛·짠맛·신맛·쓴맛·감칠맛까지 완벽한 겨울 샐러드가 완성된다.

　제철 과일이라는 말이 무색하게 한국은 늘 딸기·수박 등등 과일이 마트의 신선식품 코너에 풍성히 진열되어 있지만, 이탈리아에서는 철이 지나면 딸기를 찾아보기 힘들다. 가끔 철 지난 과일이 있지만, 굳이 찾아 먹지 않는다. 보통 슈퍼마켓은 주로 공산품을 사러 가는 곳이고, 사람들은 장날에 제철 식재료·지역 농산품·치즈·프로슈토 등 먹거리를 산다. 특히 시에나는 배달 서비스가 거의 없는 곳이기에(음식 배달은 주로 대학생들만 이용한다) 이탈리아에 처음 와서는 슈퍼에서 필요한 제품을 살 때가 많았다. 여기에 적응하다 보니 매일 해 먹는 음식 재료는 대부분 장날에 가서 사려고 한다. 귀찮다고 생각할 수 있지만, 장날에 가면 오다가다 친구들도 만나고 시장 아주머니들과 이야기하고 일상 안부를 묻는다. 집에 돌아오면 손질 하나 안 된 채소를 다

듣고, 머리만 겨우 잘린 생선을 집에서 직접 손질하고, 장바구니에 마구 담긴 재료들을 혼자 오롯이 정리한다. 그 과정이 처음엔 너무 귀찮았지만, 음식을 소중히 여기고 하나도 허투루 쓰지 않고 모든 부분을 다 이용해서 먹는구나 싶기도 하다. 내 앞에 차려진 음식이 단출하고 쉬워 보여도, 그게 얼마나 수많은 과정을 거쳐야 하는지 새삼스레 배운다.

　시에나에서는 계절이 바뀌는 걸 시장에 가면 제일 먼저 알 수 있다. 아니면 체인형 슈퍼마켓을 가더라도 매장 중앙이나 입구에 놓인 과일과 채소를 보면 계절감을 느낄 수 있다.

11.
봄의 맛

봄이 오면 제일 먼저 눈에 들어오는 것은 아이들이 좋아하는 아스파라거스와 콩이다. 아스파라거스는 살짝 데쳐 올리브오일만 뿌려 먹거나, 볶아서 먹거나, 파스타나 리소토에 넣어 먹는다. 초봄에 수확한 부드러운 껍질의 아스파라거스는 아주 살짝만 익혀 먹으면 단맛이 난다. 완두콩은 물에 삶아 올리브오일에 버무려 한국의 반찬처럼 먹는다.

51 바게트 빵에 페코리노치즈를 올려 살짝 녹여주고 볶은 호박과 오일에 절인 헌초비를 올린 안티파스타

누에콩Fave은 봄만 되면 심심풀이 땅콩처럼 먹는다. 생으로 먹는 경우가 많아서 꼭 갓 딴 신선한 콩을 구해야 한다. 올리브오일과 소금을 뿌려 생으로 먹거나 페코리노치즈와 함께 먹기도 한다.

회향Finocchio은 '펜넬'이라는 이름으로 친숙하다. 고수의 향긋한 향과 아삭거리는 식감이 참 좋은데, 봄에 샐러드로 만들어 먹으면 좋다. 보통은 얇게 저민 펜넬과 오렌지 혹은 자몽 과육과 포르케타Porchetta를 올리브오일에 버무린다. 펜넬의 향을 썩 좋아하지 않는 아내도 오렌지의 상큼함과 고기 지방이 만들어낸 고소함을 좋아한다. 봄에만 먹을 수 있는 특별한 샐러드다.

이탈리아 식재료 중에 흥미로운 것은 호박꽃이다. 이곳 시장들은 한국과 달리 호박꽃을 이리저리 요리해 먹는다(그러나 이탈리아에서는 호박잎은 먹지 않는다). 호박꽃은 꽃이다 보니 금방 시들고 꽃잎이 빨리 떨어진다. 시장에 가서 막 딴 호박꽃을 구하면 그날은 호박꽃만을 튀기는 날도 있고, 치즈(보통 모차렐라나 리코타)와 다진 엔초비로 속을 채워 튀기거나 쪄서 먹기도 한다.

2024년에는 부활절이 좀 일렀다. 3월 마지막 주부터 4월 첫째 주가 부활절 연휴 기간이다. 얼마 전, 아이들 학교 앞에서 마라Mara를 만났다. 그분은 우리 큰아이의 친구인 프란체스코Francesco의 외할머니다. 우리 가족을 명절마다 살갑게 챙겨주고, 늘 음식도 직접 준비하고 집에 초대도 해주는 정말 고마운 분이다. 그래서 성격 좋은 아내는 마라 여사를 '엄마Mamma'라고 부르며 늘 껴안고 인사한다. 그러면 마라도 "아이고, 아모레 미오 Amore Mio 왔어?"하고 받아 준다. 어느 날, 아이들 하굣길에 오랜만에 마라 여사를 만나 먼저 말을 걸었다.

"안녕하세요! 이번에는 부활절이 빠르네요. 2주 후부터는 음식도 슬슬 준비해야 하잖아요. 이번에 생각하신 특별한 메뉴가 있으세요?"

"그러게, 올해는 뭘 할까 생각 중인데… 쏜이랑 수지는 내가 만든 초록 라자냐Lasagna Verde 먹어봤나?"

"라구 라자냐만 먹어봤죠. 초록 라자냐는 처음 들어봐요."

"봄에 나오는 채소로 만드는 라자냐야. 작년 부활절에는 라구 먹었구나? 올해 한번 해볼까?"

봄에 먹는 라자냐가 있다고는 들어봤지만, 직접 보고 먹어본 적은 없었다. 마라 여사에게 들으니 데친 시금치를 물기를 제거하고 갈아서 계란과 반죽해서 넓적하게 파스타를 밀어 편다고 한다. 이때 나는 놀라서 되물었다.

"안 사고 만든다고요? 준비할 것도 많을 텐데…"

파스타 반죽을 넓고 얇게 깔고 그 위에 베샤멜(크림 소스)을 최대한 얇게 펴 바르고, 겨울과 봄에 나오는 근대 *Bietola*를 볶아 베샤멜 위에 라구 대신 올린다. 그리고 간 파르미지아노-레지아노치즈를 올린다. 이렇게 여러 층을 만들어 봄에 먹는 라자냐를 만든다고 했다. 봄에 나오는 채소는 뭐든 사용할 수 있다는 생활 속의 지혜도 알려주었다. 여기서 팁은 베샤멜을 너무 많이 뿌리면 맛이 무거워지니, 베샤멜을 살짝만 올려 재료들이 떨어지지 않게 접착제 역할로 쓰는 것이다.

12.

여름의 맛

초여름이 오면 온갖 종류의 토마토·애호박·가지·고추·오이 등 채소가 시장에 그 모습을 드러낸다. 과일은 복숭아류·수박·포도가 단골손님이다.

여름이 오면 토스카나 할머니, 아니 이탈리아의 모든 할머니는 분주해진다. 그건 바로 우리가 김장하듯 집마다 다들 토마토소스를 만들기 때문이다. 이탈리아도 가족 구성원 숫자가 줄고 맞벌이가 늘면서 집에서 해 먹기보다 주로 사 먹는다. 하지만 한국의 김장처럼 가족이 모두 모여 담근 김치를 자녀 집으로 보내주는 것처럼, 이탈리아도 가족들이 한데 모여 토마토를 몇 박스씩 사서 씻고 끓이고 소스를 만들고 소분해서 큰아들네, 작은아들네로 보낸다. 이렇게 1년 먹을 토마토소스를 나눠 가진다. 좋은 친구들을 둔 덕에 특제 소스를 한 병씩 맛볼 기회가 있었는데 똑같은 토마토라고 해도 맛이 참 다르게 나온다.

친구 엠마누엘레*Emanuele*는 고향 집에서 어머님이 3백 킬로그램의 토마토를 사서 소스를 만든 후 시에나 집으로 보내주셨다. 어떤 집은 조금 연하게, 어떤 집은 아주 진하게 빡빡하게 만든 소스 등 그 맛이 집마다 다르다. 직접 만들었다니 시판용보다 더 깊은 토마토 맛이 느껴졌다. 그러나 무더운 여름에 누군가가 큰 솥에 토마토를 한참을 졸이고 있었을 모습을 생각하면 사 먹는 게 나을 수도 있겠다는 생각이 든다.

가지는 늦봄부터 초가을까지 나오는 여름 채소다. 한국 가지와 달리 몸통이 두껍고, 단단하다. 가지를 그릴에 구워 올리브오일을 뿌리고, 허브 타임 가루를 뿌려 빵과 먹기도 한다. 하지만 내가 좋아하는 방법은 파르미지아나 *Melanzane Parmigiana*를 해먹는 것이다. 오븐에 굽거나 혹은 팬에 구운 가지를 라자냐 그릇에 가지런히 놓고, 토마토소스를 얹고 모차렐라치즈를 쌓는다. 이 것을 여러 번 반복해 켜켜이 쌓아 오븐에 구우면 가지로 만든 라자냐가 된다. 미리 만들어 놓고 냉장고에서 꺼내 먹을 때마다 오븐에 살짝 데워 먹기도 하지만, 나는 더운 여름날 파르미지아나 한 조각을 푸욱 퍼내서 시큼한 토마토소스에 절인 가지를 먹는 걸 즐긴다. 그러면 집 나간 입맛도 되돌릴 수 있다.

여름 입맛을 돋우는데 탁월한 효과를 지닌 또 다른 요리는 토마토밥 *Pomodori Ripieni*이다. 크기가 어느 정도 되는 토마토 머리 부분을 잘라 속을 파내고, 긁어낸 토마토 과육·익힌 쌀·모차렐라치즈나 스카모르자치즈를 함께 섞어 속을 채운다. 이 상태로 오븐에 익히면 토마토 리소토 같기도 하면서, 토마토 하나를 통째로 먹는 것 같다. 이 음식 또한 미리 많이 만들어 놓고, 데워 먹거나 그냥 차게 먹는다. 이렇게 즐겨 먹다 보니 이탈리아에 와 있던 7년 동안 먹은 토마토가 그 전에 평생 먹어온 양보다 압도적으로 많을 것이다.

내가 제일 좋아하는 여름 과일은 바로 복숭아와 살구다. 털이 없는 천도복숭아*Nettarina*는 시장에서 한 봉지 너끈히 담아도 한국 돈 만 원도 안 한다. 아이들도 껍질 째로 언제든지 먹을 수 있어 바닷가에 갈 때나 가벼운 운동을 나갈 때 몇 개씩 담아 간다. 한국의 황도나 백도에 비해 아주 달지는 않지만 과육은 더 단단하고, 적당한 신맛과 복숭아 향이 너무 매력적이라 끊임없이 먹을 수 있을 것만 같다. 살구는 여름 내내 먹을 수 있는 과일로 토스카나 사람들은 집에 살구를 수북하게 쌓아놓고 먹는다. 한국에 있을 때는 살구를 먹을 기회가 거의 없었고, 미국에서는 디저트용으로 조리한 후에 쓰는 경우가 많아서 그 맛을 제대로 알 수 없었는데, 토스카나의 살구는 여름 동안에 늘 식탁에 올라 있는 과일이다.

시에나에서는 상큼한 디저트가 먹고 싶을 때는 쥬페타 디 푸르타 *Zuppetta di Frutta*를 많이 해 먹는다. 여름 과일을 작은 큐브 사이즈로 썰어서 설탕과 레몬 주스를 섞은 다음 설탕이 녹을 만큼만 열을 가하고, 잘 버무려 냉장고에 넣어 시원하게 만든 후 먹는다. 이 음식은 집에서 많이 먹기도 하고 토스카나의 카페나 레스토랑에 가면 늘 있는 여름 디저트 메뉴다. 우리가 어릴 때 먹은 후르츠 칵테일 같은 디저트다. 위에 생크림을 올리기도 하고 젤라토를 올려 먹기도 한다.

53 쥬페타 디 푸르타

13.

가을의 맛

"수지! 호두 먹어봤어?"

어느 가을날, 친구 플라미가 물었다. 무슨 질문이 이런가 생각하며 되물었다.

"당연히 먹어봤지. 너는 알러지 있어? 못 먹어봤어?"

"아니, 올해 첫 수확한 호두 먹어봤는지 묻는 거야. 내가 시장에 가는 길에 있는 가게에서 호두를 사왔는데 정말 맛있어서, 너 먹어볼래?"

호두를 먹는 데도 계절이 있는지 처음 알았다. 한국도 이탈리아도 마트에 가면 호주산·미국산 호두가 늘 가득한데, 플라미는 시장에서 하루 전날 수확한 시에나 호두를 먹고 있던 것이다. 일주일에 한 번 오는 장이니 나는 다음 주가 오기를 손꼽아 기다렸다. 수요일에 플라미와 만나 같이 길을 가다 "이것도 새 호두 같은데 이거라도 먹을까?" 그랬더니 만져보고 냄새를 맡고 "아니야, 이건 며칠 된 것 같아."라며 "노!"를 외쳤다.

금요장에 가서 드디어 고대해온 호두를 샀다. 호두 겉면에 약간의 촉촉함이 있었다. 껍질을 깨서 먹었더니 사과 같은 아삭함이 느껴졌다. 갓 따서 그런지 수분기도 많았고, 호두알이 훨씬 하얗고 쓰고 떫은 맛도 확실히 덜했다. 정말 생율 같은 맛이었다. 내가 알고 먹던 호두랑은 전혀 다른 맛이었다.

토스카나 숲에서 갓 딴 아몬드도 호두처럼 껍데기가 있는 채로 판다. 크리스마스 즈음 친구에게 안부 인사도 할 겸 선물을 들고 친구 집에 갔다. 벽난로

를 마주 보고 앉아 이야기를 나누고 있는데, 과일씨(정확히 말하자면 복숭아
나 자두를 먹고 난 뒤 보이는 씨)가 은쟁반 위에 있었다.

"얼네스토! 왜 과일씨를 안 버리고 씻어서 여기 둔 거야?"

"아닌데, 우리 그런 거 없는데."

"이거 이 쟁반에 있는 씨 말이야!"

얼네스토 *Ernetso*는 한참이나 웃더니 "이거 아몬드야. 볼래?"라면서 아몬드
를 집게로 까서 보여 줬다. 정말 내가 알던 아몬드였다. 어찌나 웃긴 상황인지.
뉴욕에서 요리 공부를 하고 왔다는 내가 껍질 째 있는 아몬드를 처음 봤다니.

껍질이 다 제거된 혹은 튀겨져 있거나 양념이 묻은 아몬드는 많이 봤지만, 여기서는 열매 그 자체를 통째로 먹는다. 그러니 온전한 아몬드의 맛을 느낄 수 있다.

한번은 시에나 운동장에서 열린 축구 경기를 같이 보던 친구 알베르토 *Alberto*가 입안에서 무언가를 우물우물거리고 있는 게 아닌가. 알베르토는 호박씨를 먹고 있었다. 호박씨도 껍질 째 그대로 사서 축구 경기를 보며 과자처럼 먹고 있던 것이었다.

"껍질 깐 거 사면 되잖아. 귀찮지 않아?"

그랬더니 이게 더 맛있고 재미도 있다며 내 손에 한 움큼을 쥐어줬다.

껍데기를 깨는 것도 껍질을 까는 것도 성가진 일이지만, 본연의 열매 맛도 알게 되고 친구와 가족이 둘러앉아 호두·아몬드·호박씨를 깨 먹으며 긴 겨울밤을 보내는 것도 참 운치 있는 일이다.

찬 바람이 불기 시작하면 많이 먹는 게 크리미한 스프다. 벨루타타*Vellutata*라고 부른다. 어떤 재료든 끓여서 믹서로 갈면 된다. 스프지만 우유나 크림이 들어가지 않는다. 가을에 구할 수 있는 늙은 호박으로 끓인 스프*Vellutata di Zucca*, 감자와 서양파 스프*Vellutata di Porri e Patate* 등을 끓여 빵이나 조리한 파스타에 넣어 먹는다. 그리고 물에 데친 콩을 갈아서 스프로 만들어 파스타에 넣어 먹기도 한다. 그리고 가을에 많이 먹는 견과류들을 오븐에 살짝 토스팅해 뿌려 먹는다.

14.
겨울의 맛

　날이 추워지기 시작하면 양배추·브로콜리·컬리플라워Cavolfiori·늙은 호박·당근·아티초크Carciofo·근대Bietole·케일Cavolo Nero 등을 즐겨 먹는다. 시에나에서 겨울 채소를 제일 많이 먹는 방법은 바로 스프Minestrone다. 앞서 말한 채소를 다 넣고 볶다가 육수나 물을 넣고 푹 끓인 후 먹는다. 기호에 따라 프로슈토 덩어리를 깍둑썰기로 넣어서 같이 끓인다. 흰콩이나 완두콩·토마토를 넣기도 한다. 나는 가끔 잡곡 종류를 넣는다. 야채를 볶을 때 렌틸콩Lenticchie·보리Orzo·파로Faro를 함께 넣어 푹 끓이면 국물이 걸쭉한 죽처럼 먹을 수 있다. 여기에 마지막으로 올리브오일을 잔뜩 뿌리면 완벽한 한 끼 식사다.

　이 스프와 비슷하지만 대신 빵이 들어가 있는 리볼리타Ribollita도 추운 겨울에 생각나는 음식이다. 여기에는 케일이 반드시 들어간다. 케일은 잎채소지만 이파리가 질기고 두꺼워 이렇게 푹 끓이는 요리에 많이 쓰인다. 리볼리타에는 토스카나 빵이 들어가기 때문에 스프와 달리 국물이 없고 팍팍한 느낌이 든다. 이는 토스카나 농부들이 먹을 게 귀한 동절기에 빵을 국물에 불려 먹기 위해 고안된 음식이다. 한 마디로 가난한 서민의 음식이다.

　겨울이면 고기를 넣고 푹 끓인 음식이 생각나는 건 이탈리아인들도 마찬가지다. 고기의 어느 부위든 상관없이 깍둑 썰어서 와인과 후추를 양껏 넣고 한참을 끓인 페포소Peposo는 우리나라의 장조림 같다. 기름기 없는 고기를 오

55 리볼리따

랜 시간 끓이다 보니 살은 결대로 찢어지고, 와인은 졸여져 빵을 찍어 먹기에 좋다. 겨울에 한 솥 끓여 두고두고 먹으며, 익힌 흰콩이나 완두콩과 같이 먹기도 하고, 익힌 쌀이나 빵에 곁들이기도 한다. 육향을 없애려고 후추를 많이 넣다 보니 알싸한 매운맛이 톡톡 쏜다.

　토스카나의 늦가을과 겨울은 비가 많이 내린다. 한국보다는 굳이 표현하자면 온화한 편이다. 그래서 토스카나 숲에 버섯이 가득 자라는 시기다. 오염되지 않은 흙과 숲이 많은 토스카나는 버섯 산지로 유명하지만, 버섯 요리는 생각보다 많지가 않다. 포치니 리소토나 포치니 튀김을 식당에서 파는 정도고, 가정에서 흔히 먹는 재료는 아니다. 가끔 스페셜 메뉴로 화이트 트러플과 버터를 베이스로 소스로 만들어 얇은 칼국수 면 같은 탈리올리니*Tagliolini* 파스타를 넣어 먹기도 한다. 이 메뉴는 이탈리아 중북부에서 더 많이 먹는 메뉴이지만, 토스카나 사람들도 겨울이 되면 가끔 먹는다.

15.

빵은 빵집, 케이크는 케이크 가게

포카치아는 한국인들에게도 익숙한 이탈리아 빵 중에 하나다. 반죽 자체에 수분기가 많고 전통적인 토스카나 빵에 비해 간이 되어 있고, 부드러워 간식으로도 가장 자주 먹는 빵이다.

피자와 스키아치아타*Schiacciata*는 시에나에서는 혼용된다. 시에나의 피제리아에 가면 사각 모양의 빵에 토핑이 다양하게 올라가 있다. 이는 스키아치아타 빵에 피자처럼 토핑을 올려 파는 시에나 피자, 즉 스키아치아타다. 피자라고 불러도 무방하지만, 이 말을 쓰면 시에나 향토 음식에 관심이 있다는 의미니 시에나 사람들 앞에서 쓰면 분명 반색할 것이다.

시에나 첸트로에 가면 콘소르지오 시에나*Consorzio Agrario di Siena*라는 곳이 있다. 시에나산 농산물로 만든 빵이나 밀가루·파스타·와인 등을 파는 로컬 슈퍼마켓이다. 집에서도 가깝고 일주일 내내 열려 있어 자주 찾는 곳이다. 빵집에 가서 번호표를 들고 기다리는 동안 오늘은 어떤 빵들이 있는지 한번 둘러보면 지금은 어떤 빵을 먹는 시기인지 알 수 있다.

예를 들어 포도 수확이 끝나고 찬 바람이 불기 시작하면, 스키아치아타 우베타*Schiacciata uvetta*를 먹는다. 납작한 스키아치아타에 건포도·호두·시나몬가루·흑설탕을 가미한 겨울용 빵이다. 달콤해서 디저트용으로 먹기도 하고, 아침에 페코리노치즈 한 조각과 꿀을 얹어 커피와 먹으면 든든하고 맛있는 식사가 된다.

자주 가는 빵집이지만, 현지인들 사이에 껴 있으면 나는 늘 관광객 취급을 받는다. 이제 얼굴을 알 법도 한데 기억하기 어려운가 보다. 내 순서가 되어서 이탈리아어로 "토마토 소스 피자 두 조각과 살시치아 피자 한 조각 주세요 *Vorrei due pezzi di rosso, un pezzo di salsicia*." 라고 하면 나를 관광객으로 생각하지는 않는다. 그제서야 나를 알아보는 건지 "피자 끝부분은 안 좋아하지?"라며 토핑이 많은 부분을 골라 준다. 보통 다른 유럽에서 온 관광객들은 '피자'라는 단어를 많이 쓰기도 하고, 손으로 가리키며 주문하기 때문이다.

토핑에 따라 불리는 이름은 수십 가지가 넘지만, 토핑으로 올라간 재료 하나만 이야기해도 다 알아듣는 것이 보통이다. 일반적인 조합은 토마토소스만 올라간 피자 로쏘 *Pizza Rosso*, 토마토소스에 모차렐라치즈가 올라간 마르게리타Margherita, 햄과 프레시치즈가 올라간 모르타델라 & 스트라치아텔라Mortadella & Stracciatella di bufala 등이다. 이것만 보면 토핑을 어떻게 조합해야 맛있는지를 보여 주는 곳이 시에나의 피제리아다.

피제리아에서 스키아치아타와 늘 볼 수 있는 것이 치아치노Ciaccino이다. 치아치노는 스키아치아타보다 납작하고 토핑이 올라가지 않는 빵이다. 별다른 가미 없이 소금과 올리브오일만 뿌려져 있는 게 기본이지만, 따뜻하게 데워 납작한 샌드위치 빵처럼 먹기도 한다. 치아치노 사이에 치즈와 익힌 프로슈토Prosciutto Cotto 혹은 살시치아를 넣은 게 제일 기본이지만, 치즈와 익힌 야채를 넣기도 한다. 가게마다 충전물이 다르기에 물어보는 것이 좋다. 우리나라는 소풍 갈 때 김밥을 제일 많이 싸가지만, 시에나 아이들은 치아치노다. 방과 후 간식으로 먹는 것도 이 치아치노이다. 길거리를 걷다 보면 피자는 아닌데 얇은 빵 사이에 햄이나 치즈가 있는 샌드위치처럼 보이는 게 다 이 치아치노다. 이 명칭은 시에나에서만 쓰인다. 그래서 시에나 피제리아에서 치아치노라고 한다면 환대받을 수 있다.

부티의 카라멜라토

한국은 빵집에 가면 바게트부터 소세지 빵·피자빵·케이크·크림빵·비스킷 등 없는 게 없다. 하지만 이탈리아 빵집 *Panificio*에서는 식사용 빵만 판다. 여기서는 소금기 없는 토스카나 빵이나 우유가 약간 들어간 빵·모닝빵·스키아치아타·치아치노 등 주식용 빵만 팔고 케이크·비스킷·초콜릿을 파는 곳은 파스티체리아 *Pasticceria*라고 불린다(초콜릿만 따로 파는 가게도 있다). 예전에는 이런 식으로 세분화된 게 일반적이었지만, 지금은 식사용 빵·디저트 케이크·커피·간단한 주류 차림인 아페리티보 *Aperitivo*까지 한 번에 다 파는 가게도 많아졌다. 바 *bar*는 커피와 같은 전반적인 음료부터, 아침에 먹는 달콤한 빵 *Cornetto* 혹은 샌드위치·피자 등 간단한 먹거리와 주류를 판다. 아침부터 저녁까지 허기를 달래준다.

시에나에 와서 처음으로 살았던 집 아래층에는 꽤 유명한 디저트 가게인 부티 *Pasticceria Buti*가 있었다. 앉아서 먹을 자리가 없어 다섯 명의 성인이 가게에 들어가면 꽉 차는 그런 곳이다. 여기에는 카라멜라토 *Caramellato*라는 시그니처 메뉴가 있다. 바삭한 퍼프 페이스트리 *Puff Pastry* 같이 얇고 바삭한 결을 이룬 빵 사이에 켜켜이 크레마 샹티이 *Crema Chantilly*를 채운 슈크림 *Choux*과 비슷한 디저트 케이크다. 이 집만의 얇은 퍼프 페이스트리 파이 도우와 너무 달지 않은 크림은 시에나인 누구나가 다 좋아했다. 나는 엄청난 혜택을 누리는 집에 살고 있었던 것이다! 그러나 아침마다 곤혹스럽기도 했다. 새로 굽는 빵 냄새가 코 끝을 간지럽혀 잠을 더 잘 수 없게 만들었다.

58 부티의 카라멜라토

문을 열고 들어가면 한눈에 다 보일 만큼 작은 가게는 코로나 때 한참 리모델링을 하더니 모던하고 훨씬 탁 트인 모습이 되었다. 가게에서 일하는 사람들은 여전한데 가게는 완전히 변해서 몇 년이 지난 지금도 어색하다. 그래도 카라멜라토의 맛은 여전히 훌륭하다.

처음 이사 와서 내가 케이크를 사 먹던 때, 그때 일하던 아주머니가 큰아이 학교 선생님의 어머니라는 걸 알고 한참이나 놀랐던 기억이 있다. 그만큼 시에나라는 도시는 작고 좁고, 모두 한 가족 같다.

큰아이가 돌이 되기 전에(한국에서 이탈리아로 이주하기 전) 잠시 이곳에 왔었다. 그때 아이가 귀엽다며 공짜로 비스킷을 주시던 아주머니가 학교 선생님의 어머니라니. 그래서 그 아주머니는 큰아이를 볼 때마다 아장아장 걷던 모습이 눈에 선하다며 세월이 너무 빠르다 한탄한다.

동네 골목의 작은 가게는 보통 가족끼리 운영하다 보니 대부분의 일하는 직원들도 가족 관계다. 일을 시작하면 보통 5~6년씩은 기본이고 10년 이상 그 자리를 지켜 손님의 어릴 때 모습, 나중에는 나이 들어가는 모습을 기억하고는 한참 동안을 이야기한다.

17.
올리브오일

토스카나 음식의 조리법은 아주 간단하고 소박하다. 향신료나 양념이 강하지 않고, 재료 본연의 맛 그대로를 살린다. 익힌 음식이더라도 소스가 주가 아니다. 모든 재료를 아우르며, 감칠맛을 올려주는 요소는 바로 올리브오일과 소금 그리고 약간의 후추다. 그래서 토스카나의 식탁 위에는 올리브오일이 항상 올라가 있다. 올리브오일에도 등급이 있고, 지역도 서로 달라서 맛과 향이 다채롭다.

토스카나에 살면 그 등급은 아무도 신경 쓰지 않는다. 대부분의 시에나 사람들은 자기 올리브나무를 가지고 있다. 많든 적든 자기 밭에서 나오는 올리브로 오일을 짠다. 1년에 한 번, 10월 말부터 11월이 되면 올리오 누오보 라콜토*Olio Nuovo Racolto*라고 해서 갓 짠 올리브오일이 장에 나온다. 이 오일은 특유의 풀향이 진하고, 톡 쏘는 풀맛과 신맛이 난다. 한국에서 올리브오일과 세트처럼 나오는 발사믹 식초는 토스카나에서는 요리에 많이 쓰지 않는다.

10월 말부터 11월 첫 주가 되면 주변 친구들은 다들 시골집에 올리브를 따러 간다. 열매를 따고 며칠 재워두면 다른 과일과 미찬가지로 금방 썩어버리기 때문에 되도록 빨리 오일을 짜야 한다. 그래서 3일 안에 대부분의 공정이 끝난다. 개인 소유의 밭은 규모가 크지 않아서 진행이 빨리 되는 편이다.

비가 많이 오는 해에는 올리브나무가 물을 많이 먹어서 열매 알이 크지만, 맛은 썩 좋지 않아 걱정이고, 날이 너무 뜨거운 해에는 열매가 익기 전에 타버린다고 걱정이다. 이건 포도도 마찬가지다. 그래서 토스카나에 살다 보면 자연스레 날씨에 민감해진다. 그리고 이때쯤 하는 대화의 가장 좋은 시작이자 인사말은 이것이다.

"올해 올리브 농사는 어때? 오일이 많이 나왔어?"

그러다 보면 대화는 꼬리에 꼬리를 물고 이어진다.

피렌체에서 유명한 식당 카밀리오Camillo에 간 적이 있다. 요즘은 올리브오일을 테이블마다 한 병씩 주는 인심이 많이 없어졌는데, 이곳에서는 식전빵과 함께 내가 좋아하는 올리브오일 한 병을 내어주었다.

"우와! 올리브오일 좋은 거 쓰네요. 작년 생산품이지만, 올해 것보다 더 맛있는 것 같아요. 시뇨레도 그렇게 생각하나요?"

이렇게 물었다. 그랬더니 테이블 담당 서버가 반가운 미소를 지으며 말을 이어가기 시작했다.

"올해는 올리브오일 찾기 너무 힘들어요. 여기 오일은 맛은 있는데 이제 더 구하기 힘들어서 걱정이에요. 그런데 어디서 왔는데 이 오일을 알죠?"

우리의 대화는 끝날 만하면 다른 주제로 넘어가고 계속 이어졌다. 음식에 대한 생각이 있고 내가 얼마나 이탈리아 음식을 좋아하는지 이야기하면 그 누구와도 친구가 될 수 있었다. 굳이 이탈리아어가 아니라도 영어로 이탈리안 요리에 대한 애정을 보이면 모두가 반색했다.

해가 갈수록 기후가 극단적으로 변해서 올리브 농사가 힘들어진다고 한다. 여름에는 40도 이상의 폭염과 사막 같은 건조함으로 나무들이 타 죽기도 하고, 어느 해에는 폭우가 이어져서 열매가 물을 많이 먹어 채 익기도 전에 떨어졌다고 했다. 올리브나무는 비교적 기후 영향을 덜 받지만, 요즘 같은 날씨에는 수확률이 현저히 떨어지고 있다.

처음 이탈리아에 왔을 때만 해도 시에나의 어느 식당에나 테이블마다 토스카나산 올리브오일 한 병이 놓여 있었다. 그러나 이제는 올리브오일을 요청할 때만 주거나 케첩처럼 포장된 올리브오일을 제공한다. 토스카나 올리브오일이 아닌 아프리카나 다른 유럽산 올리브오일이 늘어나고 있다.

　올리브오일은 토스카나 음식에 빠질 수 없는 재료지만, 토스카나산 오일은 갈수록 구하기 어려워지고 있다. 안타까울 뿐이다. 2023년에는 작황이 정말 안 좋았다. 11월 초가 되면 시에나 지역의 식재료나 빵을 파는 시에나 마트 *Consorzio di Siena*에 올해 첫 올리브오일이라며 광고가 크게 붙고 오일 병들이 쌓여서 판매되는데, 올해는 광고도, 쌓아둔 물건도 없었다. 한해 전 올리브오일만 자리하고 있었다. 물론 이탈리아 타 지역 생산품도 있지만, 토스카나산 특유의 쌉쌀하고 톡 쏘는 풀향 가득한 올리브오일이 유난히 그립다.

18.
고기와 생선

토스카나는 스테이크 요리로 유명하다. 비스테카 알라 피오렌티나*Bistecca alla Fiorentina*는 토스카나의 소 품종인 키아니나*Chianina*의 안심과 등심을 'T'자 뼈로 나누는 부위로 만든 티본 스테이크다. 최소 주문량이 1킬로그램으로 보통 두세 사람이 먹으면 딱 알맞다. 한국과 달리 소고기에 마블링이 거의 없는 순수한 살코기라 살짝 겉만 익힌 육회 같은 느낌이다. 먹어도 느끼하지 않고 먹다 보면 참치회 같은 고소함과 담백함을 느낄 수 있다. 기름기는 없지만 질기지 않고 곁들이 반찬이 없이도 물리지 않고 계속 먹을 수 있다. 그래도 최고의 곁들이를 꼽자면 키안티의 와인과 톡 쏘는 풀향이 일품인 올리브오일이다.

다른 스테이크와 마찬가지도 익힘 정도를 고를 수 있지만, 되도록 레어*Al Sangue*를 권한다. 1킬로그램을 거의 생고기처럼 먹는 것에 처음에는 거부감이 들 수 있지만, 와인과 올리브오일을 곁들여 한참 음미하다 보면 감칠맛을 느낄 수 있을 것이다.

비스테카 알라 피오렌티나는 일반 소 품종을 쓰기도 한다. 또한 조리법도 식당의 주방 상황에 따라 다르기도 하지만, 일반적인 방법은 숯을 태우고 남은 재에서 올라온 낮은 불을 사용한다. 고기가 워낙 두꺼워서 센 불에 구우면 겉은 타고 속은 차갑다. 하지만 낮은 불로 천천히 익히면 겉은 바삭하고 안은 따뜻한 살코기가 된다.

토스카나에서는 돼지고기·닭고기·양고기·토끼고기 등 일반적으로 먹는 고기들이 종류별로 다양하고 그 맛도 다 좋다. 레스토랑마다 다르지만, 일요일이나 주말에는 즉석에서 종류별로 고기를 구워주는 곳이 있다. 브라체리아 *Braceria*라는 곳으로 한국으로 치면 고깃집이다. 숯불 위에 석쇠를 놓고 직화로 구워준다. 보통 돼지 목살·돼지 등갈비·살시치아 등을 구워주는 게 가장 일반적이고, 때에 따라 양고기·소고기가 나오기도 한다(단, 두꺼운 티본 스테이크는 직화로 구우면 겉은 타고 속은 전혀 익지 않을 수 있어서 다른 방법으로 조리된다). 토끼고기는 튀김으로 먹거나 토마토소스에 버무린 조림의 형태 *Coniglio in Umido* 로 많이 먹는다. 이탈리안 사람들이 점심이든 저녁이든 가장 많이 섭취하는 단백질원은 닭고기다. 그래서 어느 식당에 가더라도 닭가슴살 구이 *Pollo Griglia*를 찾을 수 있으며, 닭고기 반 마리를 허브와 함께 구워 먹는 것 *Pollo Marinato alla Griglia* 도 많이 볼 수 있다.

이탈리아의 슈퍼마켓이나 정육점에 가면 흰색·노란색 등 두 종류의 닭고기를 볼 수 있다. 차이는 닭의 사료다. 흰색은 사탕수수·밀을 먹은 닭이고 노란색은 옥수수 사료를 먹은 닭이다. 맛 차이보다는 육질 차이가 있다. 오랫동안 노란 닭을 먹던 친구의 말에 의하면 맛이 더 깊고 좋다고 한다. 맛 차이는 개인 편차가 있을 수 있다. 하지만 육질 차이는 곁눈질로도 바로 보인다. 흰 닭은 우리가 잘 아는 맛이다. 육질도 부드럽고 살코기가 얇게 찢어져서 구이든 조림이든 다 어울린다. 반면 노란 닭은 육질이 조금 단단한 감이 있다. 구이로도 좋지만, 개인적으로 육수를 내고 삶아 먹는 조리법에 더 어울리는 듯하다. 노란색 닭으로 육수를 낼 때는 꼭 닭 머리를 써야 감칠맛이 나오고 비교적 단시간을 끓여도 젤라틴이 많이 나와 진하고 진득해진다.

가을부터 초겨울의 특정 기간에는 토스카나 숲에서의 사냥이 공식적으로 허용된다. 물론 제한된 구역에서만 할 수 있다. 토스카나에서 나고 자란 친구 중 몇몇은 매년 사냥을 나가, 그때 고기를 직접 손질하고 요리해 먹는다. 사냥감의 종류는 꿩이나 산비둘기가 제일 흔하고 여우·늑대·토끼·사슴 등 그 종류가 다양하다.

내가 일했던 메스톨로는 동네 사람을 상대로 장사하다 보니 손님 중에 직접 잡은 꿩이나 산비둘기를 가져와 요리해달라는 경우가 종종 있었다. 미국에서는 사냥감을 가져와 파는 경우는 위생법상 허용이 되지 않아 생전 처음 겪어본 일이었다. 야생 상태로 고기를 손질해볼 기회도 없었다. 하지만 이탈리아는 사냥감을 직접 가져와서 조리해 먹는 경우가 워낙 많아 날짐승의 털을 뽑고 태우고, 잔뼈가 많은 비둘기를 손질하는 게 어느새 익숙해졌다. 혹시라도 늦가을에서 초겨울 즈음 레스토랑에 사슴고기Cervo·산비둘기Piccione가 있다면 사냥꾼이 잡아온 사냥감이었을 가능성이 높다.

시에나에서 야생 고기로 유명한 것 중 하나는 멧돼지인 친기알레Cinghiale다. 친기알레로 만든 라구는 시에나의 대표 음식이다. 자연에서 자란 돼지여서 육향이 우리가 아는 일반 돼지와는 아주 다르다. 그래서 이 야생 멧돼지고기 요리에는 다양한 허브와 와인을 가미한다.

친구 페데리코Federico의 부모님은 토스카나주의 바닷가 도시 카스틸리오네 델라 페스카이아Castiglione della Pescaia에서 오래전부터 식료품점을 운영해 그 친구는 먹는 것에 관해 아주 빠삭했다. 페데리코가 어릴 때는 사냥꾼이 잡아온 멧돼지를 그의 어머니가 직접 요리하곤 했다고 한다.

그 냄새가 어찌나 지독한지 수십 년이 지난 지금도 잊을 수 없다고 했다. 하지만 요즘 친기알레 요리를 할 때는 일반 돼지를 섞어서 요리하는 경우가 많아졌다고 했다. 수요는 높고 공급은 한정적이기 때문이다. 그래서 식당에서 맛볼 수 있는 친기알레 요리는 예전에 비해 절반도 안 되는 야생 돼지고기가 함유돼 있다고 한다.

페데리코는 사냥을 자주 나가는데 보통 작은 토끼나 비둘기를 잡아서 집에 들고 온다. 가끔 나를 불러 자기가 잡은 사냥감을 직접 손질해서 요리를 해주기도 했다. 페데리코 친구네에서 먹었던 비둘기고기는 다른 고기와 섞여서 오븐에 구웠던지라 처음에는 비둘기인지도 모르고 먹었다. 그 맛은 닭고기와 비슷하지만, 고기가 훨씬 달다고 말하고 싶다. 고기에서 육질만 느낄 수 있는 게 아니라 정말 맛있는 '고기 맛'이 났다. 대신 그 양이 너무 적었다. 정말 아쉬워 뼈를 아주 싹싹 발라 먹은 기억이 있다.

친기알레와 반대로 시에나에서 법적으로 보호하고 백 퍼센트 사육으로 나오는 돼지 품종은 친타 세네제*Cinta Senese*다. 이는 시에나에서만 키우고 엄격한 교배로만 생산되는 종으로 전체가 검은 털로 덮여 있지만, 목 부분이나 앞다리 쪽 등 특정 부위에만 흰털이 난 아주 고급스럽게 생긴 돼지다. 친타 세네제로 만든 프로슈토나 특정 부위는 가격이 소고기 안심만큼 비싸다. 그래서 돼지고기를 스테이크처럼 요리해 먹는 게 친타 세네제를 제대로 즐기는 방법이다. 지방 부위가 특히 더 고소하기 때문에 소고기 스테이크 위에 친타 세네제 기름*Lardo di Cinta Senese*를 올리고 살짝 녹여주면, 소고기의 담백함과 친타 세네제 지방의 고소함을 동시에 느낄 수 있다. 고기와 곁들이 음식*Contorni*으로는 감자를 추천하고 싶다. 토스카나 감자는 맛있기로 유명하다. 감자튀김은 보통 냉동을 많이 쓰기 때문에 구운 감자*Patate al Forno*는 보통 어느 식당이고 다 맛있다.

이탈리아는 반도 국가라 대부분의 주가 바다를 끼고 있다. 토스카나주도 마찬가지다. 한 면은 바다를 마주하고 있으니 신선한 해산물을 쉽게 먹을 수 있을 거라 생각했다. 한국처럼 말이다. 하지만 토스카나인들에게 주식은 고기나 치즈이고, 그런 요리들이 유명하다 보니 신선한 해산물은 바닷가 근처에 가지 않는 이상 맛보는 게 쉽지 않다.

문화유산도 각지에 있고, 포도밭이 많다 보니 고속도로를 내고 길을 넓히는 일이 쉬운 것이 아니다. 예로 시에나에서 그로세토*Grosseto*주의 바닷가 도시 폴로니카*Follonica*로 가는 길을 들 수 있다. 이곳은 시에나에서 제일 가까운 바닷가라 시에나 사람들이 가장 많이 가는 휴양 도시다. 하지만 아직도 왕복 2차선 국도를 한참 지나야 고속도로가 나오고 다시 국도를 타야 한다. 이 길은 아직도 공사 중인데 30년 전부터 시작해서 아직도 미완성이다(재정상의

이유와 땅 소유주와의 분쟁이 있다고 한다). 이처럼 바다로 가는 길은 쉽지 않다.

시에나에서 가장 흔하게 먹는 생선은 염장한 대구다. 이름은 바칼라*Baccalà*라고 불린다. 염장한 대구를 찬물에 불려 소금기를 배고 튀긴 메뉴*Baccalà Fritto*와 토마토소스로 졸인 메뉴*Baccalà in Umido*가 대표 음식이다.

이외에도 흔히 볼 수 있는 해산물 요리는 냉동 오징어·조개·연어·흰살 생선이다. 한국에는 활어나 생물 해물을 어디서나 흔하게 볼 수 있으니 냉동 해산물에 대한 선입견이 있었다. 하지만 시에나에서는 오히려 냉동 해산물을 자주 쓰게 되었다. 냉동 해산물은 손질이 다 되어서 요리할 때 당장 쓰기가 쉽다는 장점이 있으므로.

냉동이 아니라면 아침 일찍 시장에 나가서 마리오*Mario* 아저씨가 토스카나 앞바다에서 잡은 자연산 물고기를 사와야 한다. 한국 생선 가게처럼 깔끔한 생선 손질이 아니라 투박하게 딱 머리만 따주는 무뚝뚝한 아저씨다. 아니 보통은 머리도 안 자르고 통째로 그냥 싸주려고 하면 이렇게 말해야 한다.

"머리랑 꼬리는 잘라 주세요. 배도 잘라서 주면 안 돼요?"

늘 공손히 부탁한다. 낚시로 혼자 잡아오다 보니 물고기 종류도 크기도 제각각이다. 이름도 모를 작은 물고기들이 많다. 그래서 이런 물고기들은 튀김옷을 입혀 튀겨 먹거나 새우나 오징어와 함께 튀겨 내기도 한다. 이것을 생선 튀김*Fritto Misto Frutti di Mare 혹은 Frittura di Pesce Mista*이라고 부른다. 항상 느끼지만, 해산물이 먹기 쉽지 않은 토스카나다.

19.

음식도 수 미수라!

이탈리아에서 고급 양복은 '수 미수라*Su Misura*'라고 해서 체형에 꼭 맞추어 제작된다. 이때 천 재질이나 두께·스타일·디테일을 고객이 원하는 대로 만들 수 있다. 양복점에만 해당하는 게 아니다. 이탈리아에서는 내 입맛에도 음식을 맞출 수 있다. 입맛이 까다로우면 까다로울수록 더 다양한 맞춤 요리를 맛볼 수 있는 곳이 이탈리아다. 한국에서는 원하는 것을 요구할수록 까칠하고 유별 나 보이지만, 이탈리아는 내가 원하는 걸 정확하게 알수록 음식을 더 다양하게 경험할 수 있다. 이탈리아인 누구와도 대화를 폭넓게 할 수 있다.

이탈리아는 지역마다 프로슈토의 제조 공정과 맛이 조금씩 다르다. 염장 해서 두고두고 먹겠다는 궁극적인 이유는 같지만, 염장을 얼마나 오래 했는 지, 후추가 들어갔는지, 두껍게 먹는 게 맛있는지, 얇게 써는 게 맛있는지 프 로슈토 하나를 두고도 온갖 의견이 있다. 한국인이 제일 잘 아는 프로슈토는 파르마*Parma* 지역에서 만든 것이다.

토스카나에도 프로슈토 토스카나가 있다. 파르마산은 짠맛보다 단맛이 강하다. 두껍게 써는 것보다 얇게 저미어 숙성이 잘 된 와인과 같이 먹으면 입 에 닿는 순간 사르르 녹는 느낌을 준다. 그 감촉과 맛은 고급스럽고 우아하 다. 반면 토스카나산은 두껍게 썰어서 약간 거친 와인(숙성 기간이 짧은 키안 티 클라시코)과 먹으면 고기 씹는 맛과 육향이 어우러진 후추 맛이 난다. 프 로슈토는 돼지의 앞다리로 만든 염장육이지만, 어느 부위를 염장하는가에 따라 맛과 식감은 다르다.

카포콜로Capocollo _ 돼지 목살과 어깨살로 만들었다. 긴 원통형으로 만들어져 썰면 살코기와 기름이 동그란 모양 안에 섞여 있다. 프로슈토와 다른 점은 육향이 덜하고, 기름기가 적다. 아이들이나 고기 특유의 향을 싫어하는 사람도 무난하게 먹을 수 있는 부위다. 토스카나 안티파스티 믹스를 시키면 프로슈토와 늘 같이 나오기 때문에 차이가 한눈에 보일 것이다.

살시치아 세카 Salsiccia Secca _ 앞서 설명한 살시치아를 말린 형태다. 수분이 빠졌으므로 우리가 아는 소시지 모양이 쪼그라든 것처럼 보인다. 일반 살시치아와 달리 익히지 않고 먹어도 된다. 들고 다니며 먹기가 편해 아이들 간식으로 많이 먹는다. 이것 또한 안티파스티 미스토 메뉴에 늘 나온다. 향이 강하지만, 기분 좋은 고기향과 후추향이 더 많이 느껴진다. 말린 거라 식감도 쫄깃쫄깃해 와인, 토스카나 빵과 함께 먹으면 배가 찰 만큼 먹고 있는 자신을 발견하게 될 것이다. 친타 세네제Cinta Senese와 멧돼지Cinghiale로 만들어진 것도 있다.

롬보Lombo _ 돼지 등심으로 만들어진 염장육이다. 형태는 카포콜로와 마찬가지로 긴 원통형이다. 지방이 거의 없어 담백한 맛이며 짠맛이 덜한 편이다.

라르도Lardo _ 돼지기름을 염장한 것이다. 느끼함보다 고소한 맛과 감칠맛이 좋다. 겨울에 토스카나 빵에 올려 먹으면 슴슴한 빵과 라르도의 짠맛·감칠맛·돼지의 육향이 어우러진다. 버터와 달리 특별한 맛을 느낄 수 있다. 라르도 또한 토스카나 안티파스티 믹스를 시키면 같이 나오는 때가 많다.

브레사올라Bresaola _ 돼지가 아닌 소의 우둔살로 만든 염장육으로 지방이 없고 살코기 위주다. 단백질은 필요하지만 기름기가 싫은 사람들, 즉 식단 관

60 매상 안을 가득 채운 프로슈토

리를 하는 사람들이 좋아하는 부위다. 얇게 저며 루꼴라, 파르미지아노-레지아노치즈와 함께 먹으면 훌륭한 한 끼 식사가 된다.

그러니 프로슈토만 고집하지 않고 다양한 부위를 맛보시길.

이외에 생고기의 염장이 프로슈토라면 익힌 돼지고기 허벅지살도 있다. 바로 프로슈토 코토 *Proscuitto Cotto*다. 아주 부드럽고 고기 냄새가 나지 않아 누구나 먹기에 좋다. 보통 파니노 안에 넣어 먹는다.

모르타델라 *Mortadella*는 익힌 돼지고기와 돼지 지방이 적절히 조합된 소시지다. 후추가 들어가거나, 피스타치오가 들어간 종류도 있어서 고를 수 있다. 짠맛이 덜하고 씹는 것이 부드러워 아이들이 특히 좋아한다. 그냥 먹기에도 좋고 파니노에 넣어서 먹기도 한다.

20.
꼬릿꼬릿한 치즈들

치즈도 지역·숙성 기간·치즈에 쓰이는 우유(소젖·양젖·염소젖)에 따라 모양이나 맛이 천차만별이다. 자동차 바퀴만큼 큰 파르미지아노-레지아노 *Parmigiana Reggiano* · 그라나 파다노 *Grana Padano*는 이탈리아 반도 북부의 에밀리아 로마냐 *Emilia-Romagna*주의 치즈다. 파르미지아노-레지아노는 최소 12개월, 그라나 파다노는 9개월에서 12개월 정도를 숙성시킨다. 오래 묵혀서 수분을 증발시키면 치즈가 단단해진다. 이런 단단한 치즈는 그 종류가 많다. 그래서 이탈리안 레스토랑의 디저트 메뉴에서는 치즈 플레이트를 종종 볼 수 있는데 대부분 북부 치즈 종류이거나 프랑스산 치즈가 많다.

한국에서 파스타 위에 뿌려 먹는 치즈는 파르미지아노-레지아노다. 요즘 어느 식당에서도 흔하게 볼 수 있는 카르보나라는 파르미지아노-레지아노·그라나 파다노 그리고 계란 노른자를 넣어 만든 파스타다. 이는 로마 지역에서 유래된 파스타로 토스카나주의 식당들에서는 흔히 볼 수 없는 메뉴다.

반면 남부는 모차렐라, 부라타처럼 몇 개월 숙성 없이 바로 먹는 프레시치즈가 많다. 모차렐라는 보통 젖소의 우유로 만들지만, 나폴리가 있는 캄파냐 *Campagna*주에서는 물소 젖으로 만든 모차렐라 부팔라 *Mozzarella di Bufala*가 유명하다. 모차렐라는 올리브오일과 토마토와 같이 먹는 카프레제 *Caprese* 형태로 많이 먹는다. 마르게리타는 이탈리아 피자의 가장 기본인데, 이는 토마토소스 위에 모차렐라가 올라간 것이다.

근래 한국에 많이 알려진 부라타는 모차렐라와 비슷하게 생겼지만, 잘라서 열어보면 속이 다르다. 모차렐라는 하나의 덩어리라 쫀득거리는 식감과 함께 상대적으로 단단하게 느껴진다. 그러나 부라타는 속에 스트라치아텔라(모차렐라에 크림을 섞어 더 부드럽다)라는 크리미하고 부드러운 실타래처럼 생긴 또 다른 치즈가 들어 있기 때문에 더 부드럽다. 살짝이라도 힘을 주면 부라타는 금방 터지기 때문에 먹기 전까지 살살 다루어야 한다. 그릇에 살포시 올려 먹기 직전 가운데를 살짝 가르면 안의 치즈가 우유 같이 흘러내리는데, 이때 치즈를 토마토나 야채와 함께 먹으면 된다.

부라타는 아드리아해를 마주하고 있는 풀리아주가 주 원산지다. 토스카나 기원이라고는 할 수 없지만, 이탈리안 가정에서 흔하게 먹는 스트라키노 Stracchino 치즈도 역시 프레시치즈다. 크림치즈 혹은 살짝 녹인 듯한 버터와 비슷한 형태다. 흔히 셀러리나 당근 등의 채소를 찍어 먹을 수도 있고, 리소토를 만들 때 마지막에 올려 더 크리미한 질감을 줄 수도 있다. 또 난처럼 얇게 밀어 편 빵, 피아디나 Piadina에 발라서 모르타델라와 피스타치오를 뿌려 먹기도 한다.

62 페코리노 치즈

    토스카나는 양젖으로 만든 페코리노 *Pecorino* 치즈가 가장 유명하다. 기호에 따라 숙성을 오래 시켜 최소 120일 이상 단단하게 만든 후 먹기도 하고, 숙성을 짧게 해서 최소 20일에서 최대 60일까지 먹기도 한다. 페코리노치즈를 보면 겉면이 약간 노르스름한 것은 '페코리노 프레시'라고 하여 숙성 기간이 짧다. 말랑말랑하고 향도 강하지 않아 아이들 간식용으로도 좋다. 치즈 겉면이 오렌지색 혹은 검은색이면 숙성 기간이 더 긴 것이다. 향이 진하고 조금 더 단단해서 자르면 부스러지기도 한다.

    알리멘타리 *Alimentari*라고 부르는 곳은 치즈·염장육·오일에 절인 올리브오일이나 식초에 절인 채소를 파는 식료품점이자 반찬가게다. 반조리 제품도 있고 이미 가공을 끝낸 반찬을 파는 곳이다. 알리멘타리에 가서 점원에게 언제, 무엇을, 어떻게, 누가 먹는지 잘 설명하면 맛있는 조합을 알려준다. 시식을 요청하면 흔쾌히 맛볼 수도 있다.

처음에는 무뚝뚝하고 듣는 둥 마는 둥 하는 동네 알리멘타리 주인 아저씨도 자주 가서 이야기도 나누고 얼굴 도장을 찍으니 금세 빗장 걸린 마음을 풀었다. 사람 간 교감할 때는 역시 얼굴 도장이 최고의 방법이다.

오직 시에나에서만

이탈리아라는 이름으로 통일되고 토스카나라는 하나의 주로 묶이기 전,
시에나인들은 작은 도시국가를 일구며 살아왔다.
그래서 지금은 같은 토스카나라고 해도 도시마다 식문화에 차이가
조금씩 있다. 내륙인 피렌체, 바닷가 도시인 리보르노, 농업이 발달한
시에나 등 그 역사와 문화에 따라 음식이 다르게 발전해 왔다.
오랜 세월 변하지 않는 시에나처럼 이 도시 특유의 향토 음식은
우리가 알고 있는 이탈리아 음식과는 많이 다르다.
그러나 시에나 밖에서는 맛볼 수 없으므로, 중세 도시 풍경을
간직한 시에나에서 그 맛을 경험하게 된다면 작지만 알찬
이 도시의 매력이 마음속 깊숙이 새겨질 것이다.
우리 가족처럼.

- 순환

시에나의 레스토랑에 들른다면
반드시 맛보시길 권합니다

안티파스티 미스티

Antipasti Misti

① 닭 간 Fegatini

거위 간은 세계적으로 알려진 고급 음식이다. 반면 토스카나에서 먹는 닭 간은 다르다. 양파·마늘·케이퍼·엔초비·빈산토를 넣고 (혹은 조금의 살시치아와 함께) 물기가 없어질 때까지 볶는다. 그리고 믹서기에 넣어 곱게 갈아주고, 크리미한 질감을 잡아주기 위해 바로 먹지 않고 식힌 뒤 소금이 들어가지 않은 토스카나 빵에 발라 먹는다. 색깔은 짙은 고동색이라 썩 구미가 당기게 생긴 것은 아니지만, 소고기나 돼지고기 같은 식감도 느껴지고, 고소한 맛도 난다. 여기에 키안티 클라시코 와인 한 모금을 하면 그만이다.

② 브루스케타 Bruschetta &
크로스티니 Crostini

토스트한 토스카나 빵에 재료를 올려 먹는 샌드위치라고 보면 된다. 제일 많이 먹는 브루스케타의 종류는 토마토가 올라간 것이다. 토마토·바질·올리브오일·소금·후추를 버무려 빵에 올린다. 토마토 브루스케타는 들어가는 재료는 같지만, 가게마다 쓰는 토마토도 다르고 올리브오일의 맛도 다 달라서 먹을 때마다 늘 새롭다. 가지를 구워 올리브오일에 절인 후 빵에 올리기도 한다.

브루스케타와 크로스티니를 정확하게 나눠서 설명하기는 힘들지만, 내가 경험한 바에 따르면 브루스케타는 빵 위에 올라가는 재료들이 차갑다. 토마토 혹은 올리브오일에 절인 구운 야채들(하지만 차갑게 식힌)이 일반적으로 올라간다. 크로스티니는 토스카나 빵 위에 페코니노나치즈 종류를 올려 브로일러에 녹인 후 프로슈토 크루도·살시치아 등을 올린 음식이

다. 빵이 데워지다 보니 조금 더 겨울에 먹는 음식 같지만, 꼭 그렇지만은 않다. 그래서 두 단어를 혼용해서 쓰는 경우도 많다.

Dolci. 오직 시에나에서만

❸ 소토올리오Sott'olio
혹은 소타체토Sott'aceto

우리가 아는 절임 음식인데, 오일에 절인 것인지 식초에 절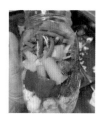
인 것인지에 따라 구분된다. 오일에 절인 것은 토스카나 빵과
같이 먹으면 나만의 브루스케타를 만들 수 있다. 절임 채소
는 무엇이든지 다 좋지만, 제일 인기가 많은 것은 아티치오크
Carciofi이다. 약간의 씁쓸한 맛·단맛·신맛·떫은 맛까지 있어 이
탈리아 음식에 많이 쓰이지만, 한국에서는 흔치 않은 식재료
다. 이탈리아에 온다면 꼭 추천해 주고픈 음식이다. 식초에 절인 음식은 우리가 다 아는
피클이라고 볼 수 있다. 피클 중에 제일 많이 먹는 것이 양파인데 5백 원 동전 크기인 작
은 양파인 치폴리네Cipolline로 많이 만든다.

❹ 탈리에레 살루미
Tagliere di Salum &
포르마지Formaggi

북부와 달리 토스카나 프로슈토는 짠맛이 강해서 빵과 같이 먹는다. 육포처럼 약간 두
툼하게 먹는 편이다. 그리고 토스카나의 유명한 페코리노치즈가 있다. 페코리노치즈도
두껍게 썰어 먹는데, 양파 잼·무화과 잼(계절마다 다른 잼이 나올 수 있다)을 함께 내오
는 가게도 있다. 이 조합은 '단짠단짠'의 무한 굴레다. 프로슈토 한 입, 잼을 바른 페코리
노치즈 한 입, 그리고 키안티 클라시코 와인 한 모금을 마시면 어떠한 요리보다도 훌륭
한 식사다. 또 잼이 없더라도 올리브오일을 빵에 적셔 치즈와 같이 먹어보길 권한다. 이
렇게 먹으면 치즈의 우유 맛과 올리브오일의 강한 풀 향이 어우러져 식욕을 돋운다.

프리미

Primi

❶ 피치Pici

피치는 시에나에서 주로 많이 먹는 파스타 면의 한 종류로 스파게티보다 두껍다. 손으로
만든 프레시 피치 파스타는 우동 면발처럼 통통해서 양은 적어 보여도 먹어보면 금방 배
가 찬다. 소스는 카치오 에 페페Cacio e Pepe로 먹기도 하고, 토마토소스에 버무리기도 한
다. 식당에서는 피치 알라리오네Pici all'aglione로 가장 많이 알려진 메뉴일 것이다. 알리오
네는 토마토를 기본으로 많이 만들지만, 피치 화이트 알라리오네Pici all'aglione Bianca는 치
즈를 듬뿍 올려 한국의 크림 파스타와 비슷하게 보인다.

❷ 파파르델 Pappardella **&**
   탈리아텔레Tagliatelle

칼국수 면보다 넓적하고 대부분 생면 파스타로 먹는다. 수제 파스타Fatta a Mano라고 보면 된다. 고기가 들어간 라구소스와 어울리고, 시에나에서는 시에나의 특산품 돼지인 친타 세네제Cinta Senese나 멧돼지Cinghiale 고기로 만들어진 소스와 함께 먹는다.

❸ 토르텔리니 시금치
   Tortellini Spinach &
   리코타Ricotta

만두처럼 소가 있는 파스타이다. 제일 많이 먹는 소는 데친 시금치에 리코타치즈를 버무려 넣은 것이다. 소스는 보통 버터와 세이지Salvia로 만든다. 소에 리코타치즈가 들어가고 소스는 버터로 맛을 냈으니, 묵직한 맛이 일품이다. 겨울에 먹으면 꽁꽁 언 몸이 사르르 녹으며 든든한 한 끼가 된다.

❹ 파파 알 포모도로
   Pappa al Pomodoro

전통적인 토스카나식 토마토 스프다. 걸쭉한 형태로 소금이 들어가지 않은 심심한 토스카나 빵이 들어가 있다. 토마토·올리브오일·마늘·바질을 넣고 끓인 스프에 빵이 들어가 있다. 차게 먹기도 하고, 따뜻하게 먹기도 한다.

❺ 리볼리타 Ribollita **&**
   미네스트로네Minestrone

겨울에 먹는 토스카나 채소 스프다. 리볼리타는 주로 겨울에 많이 나는 채소를 넣는데 케일Cavolo Nero, 양배추류, 근대Bietole가 많이 들어간다. 여기에 토마토·감자·양파·당근·셀러리 등을 첨가한다. 미네스트로네 역시 채소 스프라고 보면 된다. 쌀이나 콩만큼 작은 파스타를 넣어 먹거나, 익힌 콩과 곡물(병아리콩·렌틸콩·보리·파로Farro) 등을 넣어 먹는다.

❻ 판차렐라 Panzanella

여름에 토스카나에서 먹는 상큼한 채소와 불린 빵으로 만든 샐러드다. 토마토·오이·적양파·바질 등을 레몬주스와 식초, 올리브오일에 버무린 뒤 물에 불린 토스카나 빵을 찢어서 잘 섞어 먹는다.

❶ 비스테카 알라 피오렌티나
Bistecca alla Fiorentina

시에나에서만 맛볼 수 있는 요리는 아니지만, 그래도 꼭 먹어보길 권한다. 토스카나에서 자란 소의 안심과 등심 사이에 T자 모양의 뼈 부위를 스테이크 형태로 잘라서 숯불에 구워낸 고기 요리다. 직화로 구우면 겉면이 금방 타버린다. 그래서 숯이 불을 태우고 남은 은은한 열기로 서서히 익히는 방법을 쓴다. 뼈가 있고 두께가 있는 고기 부위를 쓰기에 최소 주문 단위가 1킬로그램에 이른다. 도축 후 1~2주 정도 냉장 보관하고 드라이에이징을 하면 특유의 향이 올라온다. 거기에 조리 과정에서 불 향이 더해지니 맛의 향연이 펼쳐진다. 반드시 키안티 와인과 맛보기를 추천한다.

❷ 탈리아타 디 만조
Tagliata di Manzo
혹은 콘트로필레토
Controfiletto

소고기 등심 부위를 구운 후 먹기 좋게 잘라서 내놓는 메뉴다. 비스테카 알라 피오렌티나는 최소 1킬로그램 단위로 주문해야 하니 2인 기준으로 프리미와 시켜서 먹을 경우, 양이 너무 많을 때가 있다. 토스카나의 고기도 맛보고 싶고, 프리미 등 여러 종류의 음식도 함께 먹고 싶다면 탈리아타 디 만조나 필레토 Filetto 를 시키면 된다. 보통은 가니쉬로 루꼴라와 파르미지아노 - 레지아노치즈 Parmigiano Reggiano 가 올려져 있거나, 구운 버섯이 올라가기도 한다.

❸ 그릴리아테 디 친타 세네제
Grigliate di Cinta Senese

시에나 시 정부에서 인증을 받은 돼지 품종으로 만든 고기를 말한다. 한국의 흑돼지처럼 생겼지만, 목 부위에 흰색 테두리가 있어야 친타 세네제로 인정받을 수 있다. 일반 돼지보다 지방 부위가 훨씬 고소하고, 향이 다르다. 모든 식당에서 다 팔지는 않고, 가격도 일반 돼지고기에 비해 비싸지만, 맛볼 기회가 주어진다면 반드시 권하고 싶다.

❹ 알라 카치아토라
Alla Cacciatora

카치아토라는 이탈리아어로 사냥꾼을 뜻한다. 사냥꾼들이 산에서 짐승을 잡아 요리해 먹던 요리 방식이다. 고기의 잡내를 없애기 위해 양파·마늘·허브 등을 넣고, 물기가 자작해질 정도로 볶는다. 볶음 요리에 가깝다. 가장 많이 쓰는 재료는 토끼와 닭고기가 있다. 실제로 사냥을 해온 토끼나 닭일 수도 있지만, 대부분은 정육점에서 받아오는 고기를 쓴다.

돌치

❶ 칸두치Cantucci &
　빈산토Vin Santo

칸두치는 토스카나에서 먹는 디저트로, 두 번 구운 단단한 과자다. 아몬드를 기본으로 하고 다른 견과류나 건포도 혹은 초콜릿이 들어간다. 빈산토라는 디저트 와인은 레드, 화이트 와인에 비해 도수는 높고(16퍼센트 이상) 달콤하며 황금빛을 띤다. 칸두치는 빈산토나 에스프레소에 찍어 먹는다.

❷ 카스타냐치오Castagnaccio

밤 가루·건포도·잣·호두 등으로 만든 케이크로, 글루텐이 없는 밤 가루로 만든다. 일반 케이크라고 하기보다 굳이 따지자면 한국의 떡과 같은 느낌이다. 겨울에 주로 먹는 디저트다.

토스카나의 요리가 가르쳐 준 것

『앗 뜨거워』라는 책은 나를 이탈리안 요리의 세계로 이끌어준 아주 작은 불씨였다. 두꺼운 이 책의 세세한 모든 내용이 내 가슴속에 깊게 스몄다기보다 요리에 생경한 작가 빌이 맨해튼의 좁은 주방에서 요리를 배우고 익히는 과정 등 이탈리안 요리의 본질을 찾아 도전하는 내용에 감명을 받았다. 책 후반부에서 빌이 이탈리아에서 스타지를 찾을 때 겪는 어려움, 이탈리아의 지역에 따른 생활과 문화, 음식의 차이점을 이해하며 왜 이런 음식이 탄생했는지 설명하는 부분은 내가 이탈리아의 주방에 직접 들어가기 전에는 공감할 수 없었다.

이 책을 쓰면서 오랜만에 『앗 뜨거워』를 다시 읽었다. 내가 겪어온 일들과 정말 많이 닮아 있었다. 빌이 이탈리아에서 요리를 배우겠다 마음먹고 수습을 하던 때가 지금 내 나이였다. 빌은 첫 여정을 시작하기 전, 도움을 줄 수 있는 사람들과 동행하며 짧은 기간(빌의 이탈리아 생활은 다 합쳐도 2년이 안 된다. 비자 문제가 해결되지 않아 두세 달마다 미국과 이탈리아를 오며 가며 수습 생활을 이어갔다)이지만 다양한 경험을 했다. 그의 15년 전 이탈리아에서의 경험과 나의 경험을 비교하면 그동안 토스카나의 주방은 그다지 변하지 않았다.

이탈리아는 수십 년 전부터 미국·일본 등 세계 각국에서 요리를 배우기 위해 수습 요리사들이 몰려오던 나라다. 이들은 돈을 받지 않고, 숙소만 제공해주면 언제든 가서 일할 준비가 되어 있었고, 이탈리안 레스토랑에는 일할 사람이 넘쳐났다. 하지만 시대는 바뀌었고, 굳이 이탈리아가 아니더라고 이탈리안 요리를 배울 수 있는 곳이 많아졌다. 금전적 보상 없이 일하려는 젊은이들도 없다.

그러나 이탈리아의 레스토랑은 이런 흐름에 적응하지 못했다. 적정한 월급과 휴가 정책을 행하려 하지 않는다(계약서를 제대로 쓰지 않고 일을 한다거나, 휴가를 쓰려고 하면 불이익이 있을 거라고 으름장을 놓는다거나… 구시대적인 면이 아직 남아 있다). 가족 경영으로 운영하던 레스토랑도 이제는 가족 축소화와 노동 강도가 높은 기피 직종으로 여겨지며 세대교체가 이뤄지지 않는다. 나이가 많은 할머니 세대들이 아직도 주방에서 일한다. 이탈리아의 주방은 주 6일 근무인 곳이 태반이다. 점심·저녁 서비스는 팀이 나뉘어 있지 않고, 한 팀이 점심 서비스를 하고 두세 시간 쉬고 다시 저녁 서비스를 이어간다(하루에 14시간 정도 일한다). 나도 2023년 로즈우드 호텔에 오면서 드디어 주 5일 근무를 이탈리아에서 처음 했다.

빌은 프랑스로 떠나는 것으로 『앗 뜨거워』를 마무리 지었다.
그는 왜 프랑스로 떠난 것일까?

음식 문화를 논하는 데 있어 그 시작점인 피렌체와 메디치 가문은 반드시 언급되어야만 한다. 선진적인 식문화는 르네상스 시기, 피렌체에서 시작되었다. 그러던 것이 카트리나 데 메디치 공주가 프랑스 공작 오를레앙(프랑스 왕 헨리 2세)과 결혼하면서 프랑스 궁정 요리에 변화가 생기기 시작했다. 공주와 함께 토스카나 요리사도 파리에 입성한 것이다. 피렌체의 요리사들은 토스카나의 요리법·식재료 등 발전된 피렌체의 식문화를 프랑스 궁중 문화에 스며들게 했다. 그리고 그 식문화는 세월이 흐르며 진화해 갔다. 우리가 아는 프렌치 어니언 스프도 토스카나 사람들이 즐겨 먹던 양파 스프가 그 시작점이었다. 식탁에 매일 올려지는 포크와 테이블보도 르네상스 시기에 피렌체에서 처음 쓰기 시작했다. 하지만 지금은 프랑스 요리가 더욱 명성을 떨쳐 프랑스 요리의 근간이 무엇인지는 중요치 않게 되었다.

그렇기에 작가도 토스카나 요리를 배우고 르네상스와 메디치 가문의 중요성을 깨닫고, 토스카나 요리가 프랑스로 넘어가 어떻게 변형되고, 어떤 부분이 계승되어 남아 있는지 알고 싶었을 것이다.

7년이 넘는 꽤 긴 시간 이탈리아에 있었지만, 나는 여전히 이탈리안 요리에 대한 배움의 갈증이 있다. 나도, 빌도 가장 현대적인 도시 뉴욕에서 이탈리안 요리의 시작점이 무엇인지 알고 싶어 이탈리아로 오게 되었고, 미식 문화가 남긴 과거의 흔적을 거슬러 올라가고 있다.

이제야 난 내가 원하는 요리가 무엇인지 선명히 알아가고 있다. 그것이 내가 이탈리아에서 얻은 가장 소중한 수확이라고 생각한다. 아무도 걸어가지 않은 길, 불안해 마지않았지만 내가 가는 이 길이 맞는지 두려움과 걱정으로 보내온 시간, 그리고 내가 주방에서 땀을 흘리며 직접 배운 경험들이 다 틀리지 않았다는 것을 『앗 뜨거워』라는 책이 증명해주는 것 같다.

나의 다음 여정이 어디로 향할지는 나조차도 모른다. 그래도 한 가지 위안이 되는 점은 내가 좋은 씨앗을 구별할 줄 아는 분별력이 생겼고, 그 씨앗이 내 손에 담겼다는 것이다.

그 씨앗을 뿌릴 곳을 찾아가는 나의 여정은 앞으로도 이어질 것이다.

이야기를 마치며
순환

Photo by 정인행

우리 부부와 미국에서 요리학교를 같이 다닌 한 동생이
시에나에 오게 되었다. 아기처럼 어렸던 모습이 생생한데,
15년이 지나 만나니 그는 교수님이 되어 있었다.

"저는 나파밸리에 있는 한 대학에서 와인 마케팅 과목 강
의를 맡고 있어요. 학기 초에 교실에 들어가면 저를 쳐다보
는 그 의심스러운 눈빛이 얼마나 힘든데요. 언니, 오빠 정말
대단해요. 이탈리아에서도 가장 보수적인 동네에서 가장
좋은 호텔에서 셰프로 일한다는 거… 얼마나 많은 질투와
의심을 받았을지 잘 알 거 같아요. 거기에 이렇게 두 아이
까지 함께 행복하게 잘 지내는 모습을 보면서 언제나 마음
속으로 응원했어요."

그 말에 수지는 눈물부터 흘렸다. 마음이 보상받는 기분이
었다고나 할까.

처음 시에나에 도착한 날부터 오늘까지의 시간이 주마등
처럼 지나갔다. 힘은 들었지만, 그렇다고 불행했다고는 생
각하지 않는다. 나와 수지, 용찬이와 나윤이가 앞으로 가야
할 곳을 정확히는 모르겠지만, 여태 해온 것처럼 하루하루
열심히 살다 보면 우리 삶도 한 걸음 내딛고 있을 것이라 믿
는다.

우리 가족은 오늘도 시에나에서 열심히 살고 있다. 그리고
책의 마지막에 올라간 이 사진은 그 친구가 찍어준 우리의
뒷모습이다.

오늘의 토스카나 레시피

없는 것을 갈망하지 않고 주변을 둘러보는 삶에 관하여

1판 1쇄 인쇄 | 2024년 7월 20일
1판 1쇄 발행 | 2024년 8월 5일

지은이 권순환 윤수지
펴낸이 송영만
편집 송형근 이나연
디자인 신정난
마케팅 임정현 최유진
펴낸곳 효형출판
출판등록 1994년 9월 16일 제406-2003-031호
주소 10881 경기도 파주시 회동길 125-11(파주출판도시)
전자우편 editor@hyohyung.co.kr
홈페이지 www.hyohyung.co.kr
전화 031-955-7600

© 권순환·윤수지, 2024
ISBN 978-89-5872-230-4 (03810)

값 20,000원